集英社オレンジ文庫

映画ノベライズ

センセイ君主

せひらあやみ
原作／幸田もも子

本書は、映画「センセイ君主」の脚本（吉田恵里香）に基づき、書き下ろされています。

Contents

センセイ君主
映画ノベライズ

1

綺麗《きれい》な夕焼けが、あたしと彼の乗っている電車を照らしている。あたしはそっと、彼――蓮《れん》くんが乗っている隣の車両を見つめていた。

蓮くんは、一緒に帰っている男友達と談笑してるところだ。いったい、なにを話してるんだろう？

とっても楽しそうで、無邪気な笑顔が夕日に輝いている。

蓮くんと一緒のリズムで電車に揺られながら、頭の中で、彼とすごした思い出が走馬灯《そうまとう》のように目まぐるしく流れていった。今日の夕焼けのごとく、蓮くんとの時間はあっという間で、楽しくて、キラキラしてた。

蓮くんとあたしは、最近結構いい感じなのだ。

彼氏を作ることこそが、あたしの長年の夢だった。彼氏いない歴＝年齢苦節十数年のこの佐丸《さまる》あゆはにも、ようやく、よ――――やく春が来たんだ！

すると、ちょうどその時、電車が駅のホームに着いた。蓮くんは男友達に『じゃあな』と言うと、さっと電車から降りていく。

あたしは、自分を励《はげ》ますように頷《うなず》いてから、急いで蓮くんを追って電車を降りた。

「蓮くん！」

「？」

きょとんとしたように、蓮くんがあたしを見る。今日この瞬間が、あたしと彼の本当の幸せの始まりなんだ。

明日からは一緒に登校して、ネズミの国にお泊まりで行って、キスなんかもしちゃったりなんかして、高校生活がさらにキラキラすること間違いなし！　これぞまさしくスペシャルラブストーリーの感動感涙大団円♡♡

勇気を出して、あたしは男ウケがいいと信じて長く伸ばしたサラサラストレートヘアを

揺らして、とっておきの笑顔で蓮くんを見つめた。そして、いかにも絵に描いたような健《け》気《げ》な少女漫画のヒロインって感じに、

「……あのね。あたし……、蓮くんのことが好」

けど、あたしがそう言いかけた瞬間だった。蓮くんは、まるであたしのセリフをさえぎるようにしてこう言った。

「ごめん！」

……え？　いや、まだあたしなにも言ってないし！　今の『ごめん』は聞かなかったことにして、あたしは続きを言おうとした。

「蓮くんのことが、好……」

「ごめんなさい」

「いやいや、好きで……」

何度も仕切り直そうとしたあたしの愛の告白をさっと手で押し止めるようにして、蓮くんが叫んだ。

「ごめんなさい、無理です！」

く、食い気味に振られた⁉

それじゃ、あたしのキラキララブラブ高校生活はどうなるの⁉　こんなの酷《ひど》い！　お願

い、誰かこんなの嘘だと言って――!!

……予想外に振られて、気が付いたらあたしは、固まったまま一人、駅のホームに取り残されていた。背後では、キラキラブラブ高校生活と一緒に電車がダーッと激しめの音を立てて走り去っていく。

ああ……、まただ、また振られてしまった。

(高校生になれば、自然と彼氏ができるって、そう思ってた。……けど)

そんなに現実は、甘くない。

あたしは、涙目になりながら駅のホームを一人で爆走した。

夕焼けなんか、嫌いだ。青春なんか、大っ嫌いだ――!!

高校生活が始まって一年が過ぎ去って、そろそろあたしの番だ! なーんて思って、毎日恋愛ドラマを見たり少女漫画を読んで、心の準備だけは怠《おこた》らずにいたのに……っ。

「現実は、映画開始三十秒で失恋ですよ」

現実って、嫌いだ。夢も素っ気もない。

失恋直後のあたしが駆け込んだのは、人気牛丼屋チェーンのすき家だった。ガラス張りの店の外はもう真っ暗で、店内は混み合っている。あたしは、男ばっかりのお客さんたちのど真ん中の席を陣取っていた。

涙目のまま鼻水をずるずる流しながら、あたしは大盛り牛丼をヤケ食いした。まわりでは、ムサい肉体労働系のオッサンや疲れてヨレヨレのリーマンが同じく牛丼を掻《か》き込んでいる。ちなみにみんなお一人様のお客さんで、店内に話し声はほとんど聞こえない。

すると、携帯のテレビ通話であたしの愚痴《ぐち》を聞いてくれていた親友のアオちんが、あたしにこう突っ込んできた。

「まずは食うか泣くか、どっちかにしろ」

二次元のイケメンたちに溢《あふ》れた自分の部屋で、アオちんは今、絶賛漫画原稿執筆中だ。腐女子《ふじょし》なアオちんは、意外と現実思考で、切れ味抜群《ばつぐん》の突っ込み属性持ちだったりする。

個性的なぱっつん前髪もシャープなメイクもアオちんにはバッチリ似合ってて、独特な魅力を引き立ててる。アオちんは、自分の好きなものをハッキリわかってて、そこに迷わずに突き進める強さを持ってる子だ。

だけど、今日ばっかりは居たたまれなくて、あたしはアオちんにすがりついた。

「少しは労《いたわ》ってよぉ〜！　アオち〜ん！」

けれど、アオちんは今日も平常運転で、つれなくあたしにこう言った。

「てか失恋記録更新じゃね？　今日で……、あ、八連敗？」

「まだ七だから！　あ〜あ……、今回はいけると思ったのになぁ……。好きなタイプとか、いろいろ調べてさ！　興味ないスポーツニュースもチェックして、LINEでも『こんな話合う女子初めてだわ』とか言ってたのに、この仕打ちですよ!!」

蓮くんが好きなスポーツ雑誌を買って読み漁《あさ》ったり、毎日こっそり一緒の電車に乗って帰ったりして、それはもう血のにじむような日々だった。

あたしは、いつも肌身離さず大事に持っているお手製の《LOVE♡ノート》を掲《かか》げた。

ここには、これまで頑張って調べ上げた蓮くんのすべて♡が書かれている。

でも、それなのに……。

すると、液晶の中のアオちんが、あたしの持っている《LOVE♡ノート》を指さした。

「そのノート、なんて呼ばれてっか知ってる？」

「？」

「名前を書かれた人は必ず告《こく》られる、デスノート」

「ひぃっ、リューク!?　モテなさそうなんだけど！」

あたしが悲鳴を上げると、アオちんはあっさりバッサリこう言った。

「さっさと帰って寝て忘れろ！」

うう、アオちん、厳しい！　……でもまあ、確かにそうするしかないんですけどね……。

大きくため息をついて、あたしは大盛り牛丼をガーッと完食して席を立った。ヤケ食いして胃袋が満タンになっても、心は空《から》っぽだった……。


財布を持ってレジに向かいながら、あたしはアオちんにこう言ってみた。

「……このまま、一生彼氏できないで死ぬのかな」

「アホか。男なんて、星の数ほどいんだぞ？」

「……」

がっくりと肩を落としたまま、あたしは順番のまわってきたレジに、自分の伝票を差し出した。

アオちんの意見を信じたいけど、その星の数の男の誰一人としてあたしを好きになってくれないのはなぜなんだ!?　あたしはこんっなに、愛に飢えてるってのに……。

そう思っていると、すき家の店員がテキパキとした声であたしにお会計を告げた。

「お会計、四千三百六十円です」

「……よんっ!?」

はっ!?　マジで!?!?

お会計を聞いて、あたしは目玉が飛び出すかと思った。あたし、そんなに食べたっけ……!?

そんなにお金、持ってたかな!?　急いで財布を開けてみて、あたしは再び叫んだ。

「ふぁ!?」

財布の中、空っぽ!?　五千円札が入ってた気がしたんだけど……。ま、まずい。

あたしが一人で焦っていると、携帯の中のアオちんがこう言った。

「どうした?」

怪訝《けげん》な顔をしてるアオちんに、あたしは急いで手を合わせた。

「お願い!　お財布持って、ダッシュですき家来て」

「今無理。原稿追い込みなんだわ」

「一生のお願いだから〜!」

なんとかあたしがアオちんにすがっていると、後ろの方から舌打ちが聞こえた。

「おい、早くしろよ」

オッサンたちに文句を言われ、あたしは、おそるおそる背後を見た。さすがジャパニーズファストフードの代表格の牛丼チェーンだ。次々食べ終わったお客さんがレジに並んで、すでに長蛇の列になっている。……そして、ムサ臭《くさ》いオッサンばかりのお客さんたちが、みんな迷惑そうにあたしをにらんでいる。絶体絶命だ。嘘でしょ!?

焦るあまり、あたしはどんどんパニック状態になって、真っ青になった。どうして今日は、こんなにツイてないの……!?

「わかんないわかんないわかんない。もう最悪だよ、あー最悪だよ。今日無理みたい、もー最悪、死んじゃうよ……」

と、アオちんにそこまで言ったところで、すっと背後から綺麗な五千円札が差し出された。

「会計、この子と一緒で」

急に後ろからそんな神様みたいな声が響いて、あたしは目を丸くした。

驚いて顔を上げると、そこには知らない男の人が立っていた。――それも、めちゃくちゃイケメン。そのイケメンが、あたしの分までお会計を払おうと、お金を出してくれている。店員が、渡りに船とばかりにイケメンの申し出に乗っかった。

「……」

ピンチも忘れて、あたしはそのイケメンに見惚《みと》れてしまった。

その人は、見上げるくらいに背がすっと高くて、顔は超小さくて、目はキリッと切れ長で、なんだか頭の良さそうに見える眼鏡《めがね》をかけていて。鼻も高くて、スーッと筋が通っている。色白で、髪サラサラで、肌も綺麗で、顎《あご》も尖っていて……とにかく非の打ちどころのないイケメンだった。誰がどう見ても、近くで見ても遠目から見ても、ぱっと人目を引くような彼の登場に、あたしは固まってしまった。

ポーッと、顔に熱が集まっていくのが自分でもわかる。

「？」

じぃっと食い入るように見つめていると、そのイケメンは怪訝そうにあたしを見つめ返した。ヤバい、イケメンと目が合っちゃった！

「格好良いぃ……」

思わず口の中で独《ひと》り言《ごと》をつぶやいて、あたしは目をまん丸に見開いた。

こんな超絶イケメンを間近で見られるなんて、超ラッキー！　眼福《がんぷく》だわぁ♡　……あ、でも、まずい。ついついイケメンすぎてテレビでも見てる気になって、完全に観客になって見惚れてしまった。

レジの人は、あたしにかまわずに『二百十円のお返しです』なんて言って、イケメンに小銭を渡してる。あ、ずるい！　あたしもイケメンに触りたいっ！　……じゃ、なかった！　我に返ったあたしは、急いで首を振ってイケメンの助けを固辞《こじ》した。

「駄目です。あたし自分で払いますっ」

けれど、あたしの内心にちっとも気付いた様子のないイケメンは、さっさとお釣りを受け取ると、

「会計、並んでるんで」

あっさり首を振ってそう言った。それならと、あたしは思わずイケメンの袖《そで》を取った。

「……じゃあ、お金返すので連絡先をっ」

「いいから」

あたしが携帯を差し出すのを遮《さえぎ》って、そのイケメンは颯爽《さっそう》と——いや、さっさと店を出て行ってしまった。店員の、『ありがとうございます』に見送られて。あたしは、その後ろ姿にただ見惚れていた——……。……いや、ただぼんやりと見惚れてる場合じゃないっ!!

急いでイケメンを追いかけて、あたしは頭を下げて大きな声でお礼を言った。

「……ありがとっ、お兄さん！」

けれど、そのお兄さんは振り返りもしないで歩き去ってしまった。家までついていっちゃいたい衝動を抑えてときめきを噛《か》み締めていると、まだ通話がつながっていたアオちゃんが電話の中で叫んだ。

「なんだ今の！　行動イケメンすぎんだろ」

アオちゃんの雄叫《おたけ》びに、あたしはふふんと得意になってこう言った。

「行動だけじゃないから！　顔も体も極上《ごくじょう》だからっ♡」

「クッソォ！　さまるんがメンズなら、最高にアガる展開なのに！」

なんだそれは。アオちゃん、だいぶ患《わずら》ってるな。こーんなに素敵な王子様登場を目撃して、感想それかい！

「アオちゃん、ＢＬ脳すぎぃ！」

「まぁ、でも、これで証明されたな」

「？」

なんのことだろう？　と思っていると、すぐにアオちゃんがこう声を上げた。

「男は星の数ほどいるっ！　次の恋だ！　次、次！」

スマホの中で、アオちんがにやっと会心《かいしん》の笑みを浮かべている。あたしも、思いっきり大きく頷《うなず》いた。

「……だよね！　あはは！」

あたしは、笑顔を浮かべてアオちんを見た。

よっしゃ！　ラッキーついでに、頑張って次の恋を探すぞぉ!!

2

それから数日がすぎ、ついに新学期——新しい季節がやってきた。
あたしは、アオちんと一緒に登校しながら、朝の爽《さわ》やかな空気を吸い込んだ。
うちの高校の校舎は木造で意外と歴史があるんだけど、中は結構お洒落《しゃれ》な造りをしている。今日みたいな晴れた日は、太陽の光が差してとても明るくて綺麗《きれい》に見えた。校長先生の方針でしっかり掃除《そうじ》が行き届いている廊下《ろうか》や窓は、いつでも新築みたいにピカピカで清潔だ。あたしたちの教室がある本館はガラス張りでどの教室にもいっぱい光が入るし、別館はまた違った手の込んだデザインで、吹き抜けの階段や大きなホールや洗練された音楽室まで付いている。

だけど、今日高校の廊下を照らしている朝日の光は、なぜだかいつもより格段に明るい気がした。きっとこれは、掃除係が気合いを入れて磨《みが》いてくれたばかりじゃない。イケメンパワーを間近で浴びたおかげか、なんだか、あたしの先行き良好な予感大だ！

無駄にポジティブになって、あたしは真新しい《LOVE♡ノート》を胸に抱えて弾むように歩いた。

すると、ふいに――。蓮くんとばったり遭遇《そうぐう》した。蓮くんは、あたしの顔を見て、驚いたように目を見開いた。たぶん、どんな反応をすればいいのか迷ってるんだろう。

ちょっと気まずそうな蓮くんに、

「おっはよ！　おはよう♪　おはよう☆　うふふふ！」

と、元気いっぱいに挨拶《あいさつ》をして、あたしは二年C組の教室に入った。

教室には毎日ピカピカに磨かれている綺麗な机がズラリと並び、クラスメイトたちが楽しそうにお喋《しゃべ》りをしている。教室の後ろには、これまたきっちり磨かれているそれぞれのロッカーが並んでいた。

見慣れているはずのクラスの光景さえ、今は昨日よりさらにパワーアップして綺麗に見える気がした。今日のあたしは、果てしなく前向きだ。

だってさ。

（いつまでも下向いてたら、運命の人と出逢《であ》っても気づけないでしょ？）

実際、昨日超王子様なパーフェクトイケメンと出逢ったおかげで、完全に蓮くんのことは吹っ切れていた。蓮くんよりいい男は、星の数ほどいる！　これからきっと出逢うんだから、元気に笑っていなきゃ！

笑顔のまま元気良く席について、あたしは新しく用意した《ＬＯＶＥ♡ノート》を広げた。《運命の人♡》の矢印の先は、まだ空白。

「……さてと」

眼光鋭く、あたしは教室中を見渡した。いるいる。若い男がわんさかいる。運命の出逢いはすぐそこ♡って感じ？

「だ、れ、に、し、よ、う、か、な♡」

うきうきと楽しく獲物《えもの》を見定めていると、ふいに、

「か、な♡　……じゃねえよ、バカ」

そう突っ込みを入れられて、大きなお弁当箱が頭の上にドンと置かれた。声の主は、腐れ縁の澤田虎竹《さわだこたけ》だ。

虎竹は幼馴染《おさななじみ》で、あたしに遠慮《えんりょ》が一切ない。……んだけど、顔はまあまあ良い。くりっとした垂れ目が犬系男子みたいでちょっと格好良いって、噂《うわさ》になってるのを聞いたことがある。所属しているバスケ部では結構活躍しているらしいし、本人も部活に全力で打ち込んでいる。そして、悔《くや》しいことに、そこそこモテる。まあ、虎竹は優しいし、中身を知ってる身としては、モテるのもわからなくはない……んだけどね。

「おばさん呆《あき》れてたぞ、高二にもなって弁当忘れるなんてーって」

虎竹は、呆れたようにあたしを見た。あたしは、親指をぐっと立てて虎竹にお礼を言った。

「ほんとだ、サーンクス」

「てか、どんだけ育ち盛りだよ」

お弁当箱の重量感に、虎竹が肩をすくめる。あたしは、意にも介さずに気合いを込めてこう答えた。

「腹が減っては、ラブハンティングはできないっ」

「そういうことやってっから、男に引かれんだよ」

「虎竹だって、今彼女いないくせにっ！」

「お前なんか、年齢＝《イコール》彼氏いない歴だろ!?」

こういうのが、付き合い長い関係の悪いところだ。虎竹の奴は、遠慮がない。ムッとして、あたしはアオちんに泣きついた。

「アオち～ん、虎竹がいじめるぅ！」

現実的な突っ込みをズバズバするけど実は親友のあたしにはめちゃ甘なアオちんは、他の人があたしにキツいことを言うのは許さない。アオちんはあたしの頭を撫《な》でて、ちょっと気まずい顔をしている虎竹に迫力の目力で凄《すご》んだ。

「てめぇ総受けでヨカらぬ妄想してやろうか？」

普通の男子全般同様に腐女子ネタが苦手な虎竹は、ぞぞぞっと身を震わせてこう言った。

「なんだよ、その脅《おど》しは！　てか、こんな腐った奴にも彼氏いんのに、どうしてお前は……」

さっきまで呆れていた虎竹が、今度は同情するようにあたしを見つめてきた。

「憐《あわ》れまれるのが、一番つらいから！」

蓮くんに振られたのはもうどうでもいいけど、ここまで告白連敗してきたという事実が胸にのしかかってくる。やっぱりあたしって、可哀想《かわいそう》な存在……!?　あたしは、アオちんにすがり付いて『うわーん！』と一緒に泣いた。

するど、ちょうどその時だった。

ふいに、ガラリと音を立てて、教室のドアが開いた。

「ほら、もうチャイム鳴ってますよ」

聞き慣れない先生の声が響いて、あたしはアオちんに諭《さと》されるように自分の席へ戻された。それから顔を上げてみて――、あたしはぎょっと目を見開くことになった。

夢じゃないかと思った。まるで、あたしの目には、すべての光景がスローモーションにでもなったかのように見えた。

そこには――。

あの夜困っていたあたしを助けてくれた、夢みたいな超王子様な完璧《かんぺき》イケメンが本当に立っていた。それも、今日はピシッと決まった大人っぽいスーツを着て、あの頭が良さそうに見えるスマートな眼鏡《めがね》をかけて。私服も格好良かったけど、スーツ姿も超似合っている。イケメン度、超パワーアップだ。あたしは、一気に大パニックになった。

彼は、あの極上《ごくじょう》イケメンボイスであたしたち生徒に向かってこう言った。

「今日から皆さんの担任になります、弘光由《ひろみつよし》た……」

いや、待って。そうじゃなくて、あなたは――。

「この前のお兄さん!?」

あたしが思いっきり立ち上がってお兄さんを指さして叫ぶと、彼はちっとも動じた様子もなくこう続けた。

「ではなく、弘光由貴《よしたか》です。担当教科は数学です。……あと、人に指をさすのは止めましょう」

「……ごめんなさい」

慌てて指を引っ込めて、あたしはストンと席に座った。クラスメイトたちが、こっちを見てくすくす笑っていて、あたしは恥ずかしくなって真っ赤になった。

「では、出席を取ります」

淡々とした声で、無表情のまま、お兄さんは——じゃなくて。超絶イケメンは——じゃなくて。……弘光先生は、出席を取り始めた。隣の席に座っているアオちんが、ぐっと大きく腕組みをして唸《うな》る。

「この前のお兄さん……って、あのすき家の極上イケメンか？」

「うん!!」

あたしは、低い声でアオちんに全力で頷《うなず》いた。アオちんは、驚いたように目を大きく開いて弘光先生をじろじろと眺めた。

「マジかぁっ……！」

当然ながら、アオちんよりもあたしの方が驚いていた。

マジなの……!?　この展開!?

あたしは、まだパニック状態のまま、弘光先生を見つめた。

そのうちに、またチャイムが鳴って、弘光先生担当の数学の授業が始まった。

まだ信じられない気持ちで、あたしは弘光先生の授業を受けていた。

たまたますき家で遭遇《そうぐう》しただけだし、そう簡単にはまた会うなんてことできないだろうって思ってた。なのに、あの超絶完璧イケメンが、スーツでさらに王子様度パワーアップして、黒板の前に立ってる。チョーク持って、あたしにはわけのわかんない呪文に見える難しい数学の公式を書いたりなんかしちゃって。

(なに、この奇跡的再会!?　えっ、これって、まさか?)

あたしは、数学の授業なんかそっちのけで《LOVE♡ノート》を急いで開いた。まだ空欄《くうらん》のままだった《運命の人♡》の欄に、《センセイ》と、噛《か》み締めるように書き足していく。

そう――そうだよ。そういうことだよ。

(運命の人は……、弘光先生っ!?)

《LOVE♡ノート》に、弘光先生のパーフェクトなイケメンスマイルが重なった気がした。

　そうなんだ。だからこうやってまた会えたんだ。それもこんなに近くで、毎日絡むような状況まで恋の神様がお膳立《ぜんだ》てしてくれちゃって。これはもう、運命の恋間違いなしだよね!?

　でも、こんな風に弘光先生にときめいているのは、あたしだけじゃないみたいで……。

「いや、ちょっと待って待って！　格好良すぎじゃね？」

「だね」

「普通にありなんだけどぉ～！　今年のクラス当たりだわぁ」

　クラスメイトの積極派肉食系女子、詩乃《しの》と夏穂《かほ》がもう二人で嬉しげに騒いでいる。詩乃と夏穂は、ノリはいいんだけど、悪ノリも得意だ。新任のイケメン先生にうきうきする気持ちはわかるんだけど、これじゃ弘光先生困っちゃうよ。

　新任の弘光先生よりは、あたしの方がこの高校では先輩だ——なぁんてつもりで、助け舟を出そうと、あたしは机にバンッと手を置いて立ち上がって、詩乃たちをはじめとしたクラスのみんなに注意した。

「もう！　みんな、静かにしよ！」

ぶっちゃけ、こんなセリフ人生で初めて吐いたよ。……でも、今のあたし、デキる女子っぽくない!? クラス委員長的な!?

そう思ってしめしめとほくそ笑んでいると、アオちんが隣の席から突っ込みを入れてきた。

「はい点数稼《かせ》ぎキター」

「うわぁ……」

後ろの席で、虎竹もしらっとした顔でそうつぶやいている。もう、二人して『デキるあゆは』の邪魔しないでよっ。ちょっと咳払《せきばら》いして気を取り直して、あたしは同じクラスメイトにもう一度注意をした。

「ほら、先生も困ってるじゃない……」

「別に困ってませんよ」

あたしの声をさえぎって、弘光先生があっさりとそう言った。

「え?」

せっかくみんなを静かにさせてあげようと思っていたのに、弘光先生から出た言葉が予想外すぎて、あたしは固まった。呆気《あっけ》に取られて振り返ると、弘光先生はやっぱり超絶イケメンで、でもその顔を一ミリも崩さずに無表情のままこう言った。

「こちらは、教師として最低限の役目を果たすだけなので。勉強したくない人は、しなくてもかまいません」

え、えええ!? 待って、どうしてそんなこと言うの!? もしかして、みんながあんまりうるさいから、ヤケっぱちになっちゃった!?

あたしは弘光先生を助けようと、愛想よくいい子ちゃんな声を上げた。

「いやいやいやいや、ダメですよぉ。普通に勉強って大事じゃないですかぁ」

けれど、あたしのテンションとは裏腹に、弘光先生は至って冷静に、淡々とした声のままこう聞き返してきた。

「じゃあ逆にお聞きしますが、あなたはなぜ勉強が大事だと思うんですか?」

「え、それは……」

あらためて聞かれると、なんでだろう……?

あたし――いや、高校生《あたしたち》って、なんで勉強しなきゃいけないんだろう。親に言われるから? 学校でまわりについていけなくなるから? みんなも勉強してるから……?

『これだ!』っていう明確な理由がすぐには見つからなくて、あたしは答えに詰まった。

するとそんなあたしに、

「答えられないですか。そんな状態で勉強している人間が、なにかを学んだところでなんの役にも立たないと思いますよ。お互いに多くのことを求めずにいきましょう。以上」

それだけ言うと、弘光先生はさっさと授業に戻ってしまった。

え、えええっ？

そんなの、アリ!?

あたしは、驚いて席から立ち上がったまま呆然《ぼうぜん》としていた。あたし、弘光先生を助けたかっただけなのに……。アオちんも虎竹も、気まずそうな微妙な顔をしてあたしを見つめている。

（……この人、本当に先生？）

あたしは、急いで自分で書いた《ＬＯＶＥ♡ノート》を見た。《運命の人♡》のところにガッチリ書いた《センセイ》の文字のあとに、さらに不吉な文字が浮かんできた気がした。

――センセイ、君主。

そうだよ。

この人、俺様を越えて、まるでどこかの独善的な王様みたい。確かそういうのを、専制君主制とかって言うんじゃなかったっけ？

弘光先生は、まさに――センセイ君主だ。

3

それから一日中ずっと、問題の弘光先生にどう接しようか悩んで、あたしはついに結論を出した。
「失礼しまーす……。先生、牛丼のお金返しに来ました」
ビクビクしながらそう言って、あたしは数学準備室に入った。あの——運命の出逢《であ》いだと思っていた時に払ってもらった、因縁《いんねん》の牛丼代を返すために。
あたしが牛丼代をすっと差し出すと、数学準備室の奥で、窓から差す光を受けてデスクに腰かけている弘光先生が、あっさりと首を振った。

「別にいいですよ。それくらい」

「え、それはでも……」

あの夜立て替えてもらった牛丼代、しめて四千三百六十円は、大人にとっても結構な大金じゃないの？　それに、いくら超イケメンだからって、こんな俺様越えのキャラしたクールすぎる弘光先生に借りは作りたくない。

でも、弘光先生はもう、興味なさそうに視線をデスクに戻していた。弘光先生が使うことになった数学準備室は、今まではほとんど使われていなかったから、とても綺麗《きれい》だ。可動式の黒板も備え付けられているし、壁中にずらりと並んだ本棚《ほんだな》には、入門書から学術書まで、あらゆるレベルの数学の本が並んでいる。窓際に置かれたよく日の当たっている弘光先生が使っているデスクも、ピカピカで手垢《てあか》ひとつ付いていない。

顔を上げてくれない弘光先生を見て、一緒についてきてくれたアオちんが、虎竹と顔を見合わせた。少し間を置いてから、アオちんがぐいぐいとあたしの前に出てきた。

「つぅか先生、さまるんの人生相談聞いてやってくださいよ～！」

「ちょっと、アオちん！」

ぎょっとしてアオちんを見ると、アオちんはあたしの反応をあっさりスルーした。

「さまるん、こんな可愛《かわい》いのに彼氏ができなくてぇ。桜木花道《さくらぎはなみち》ばりに失恋記録更新中でぇ」

どこから出てきたキャラなのか、アオちんがやけに親切そうな声であたしの超難題な悩みを挙げていく。アオちんのセリフにピーンと来たのか、虎竹が明るくあたしに提案してきた。

「お前もバスケに生きれば？」

「黙って虎竹」

あたしが笑顔のまま虎竹の言葉を一蹴《いっしゅう》している間に、アオちんが弘光先生にずいずいと詰め寄っていった。

「どうすればいいと思いますぅ？」

少し考えてから、弘光先生は眼鏡《めがね》越しに切れ長の目を上げた。

「……佐丸さんは」

「さまるんで」

微笑《ほほえ》んだまま、アオちんが、そう訂正《ていせい》する──いや、待って！　別にあたし、弘光先生にあだ名で呼ばれたくないから！

あたしがそう思っていると、弘光先生も同感だったようで、アオちんの声をスルーしてこう言った。

「佐丸さんは」

……けれど。

頑固さでは右に出る者のいないアオちんも、引かずに軽く真顔になって強引な調子で訂《てい》正《せい》した。

「さまるんで」

すると、面倒になったのか、弘光先生は、あたしを見ながらこう言い直した。

「……じゃあさまるんは、どうして恋人が欲しいの？」

あれ？　ちゃんと聞いてくれた？　もしかして、意外と弘光先生、優しい？　断るのが面倒になったってのが九割だと思うけど、弘光先生は、あたしたち生徒の要望にちゃんと応えてくれた。

弘光先生のふい打ちに少しどぎまぎしながら、あたしは素で考え込んだ。恋人が欲しい理由？　そんなの、決まってる。

「そりゃあ……、イチャイチャしたいからですよ」

「そんな理由かよ」

呆《あき》れたように虎竹が突っ込んできて、あたしは慌てて言い足した。

「他にもいろいろあるから！　……愛、自由、希望、夢」

「ミスチルじゃねえかよ」

　虎竹の突っ込みが、偶然にも思いっきりピタッとハマる。そうそう、そういうこと！　ミスチルの曲みたいな恋がしたいわけよ、あたしは。なぜか同じようにノリが揃《そろ》って、あたしは虎竹と『イエイ！』と手を叩き合った。

　そう思って口を尖らせていると、ノータイムで弘光先生がさらさらとなにかを書いてあたしに手渡してきた。

「じゃあ、これ背中に貼って歩いてみれば」

「？」

　受け取った一枚の紙には、なんと――。『イチャイチャしてくれる人募集』の文字が、デカデカと書かれている。弘光先生、意外と達筆なんだ。……って、そこじゃなくて！

　笑いをこらえている虎竹を無視して、アオちんが固い笑顔で弘光先生に質問した。

「え、バカにしてます？」

「うん」

　まっすぐにあたしたちを見つめたまま、弘光先生が平然と頷《うなず》いた。……教師のくせに、なんて奴なんだ!!　だんだん腹が立ってきて、あたしは『イチャイチャしてくれる人募集』の紙をぐしゃぐしゃに丸めて弘光先生に投げ返した。

「もう結構です！　先生なんかに相談乗ってもらわなくても、すぐ次の恋を見つけてみせます！」

「何回も振られてるのに、よく懲《こ》りませんね」

しらっとした顔で弘光先生が言ってきて、ムッとしたままあたしはこう言い返した。

「好きなのに動かなかったら、絶対後悔《こうかい》する！」

「……」

あたしのなんの捻《ひね》りもないドが上に付くストレートな宣言に、弘光先生は少しだけ驚いたように顔を上げた。あたしは、かまわずにこう続けた。

「傷つくより、そっちのが嫌です！」

だから、好きな人ができたら、あたしはいっぱいリサーチしてアプローチしてアタックするんだ。……まあ、振られすぎて麻痺《まひ》してるってのもあるけど、でも、自分の好きな気持ちに嘘をつきたくないから。ちょっとやそっと自分が傷つくのなんて、どうでもいい。

あたしは、弘光先生のデスクにバンと牛丼代を置いた。

「これ、お金です！　アオちん、行こうっ。失礼しました！」

ドシドシ音を立てながら、あたしは廊下《ろうか》を走った。

「うー、最っ悪！　あれなら虎竹のが一万倍マシ！」

教室に戻るなり我慢できずにあたしがそう叫ぶと、アオちんが冷静にこう突っ込んできた。

「いや、ゼロが一万倍になったとて」

「お前ら〜！」

後ろで、虎竹が不服そうに声を上げているけど、無視だ無視。

アオちんは、あたしの後ろで力強く虎竹の両肩をガシッと掴《つか》んだ。そして、遠くを見るように手を目の上に掲《かか》げる。

「大丈夫！　ウチらには見えるぜ？　モテモテスクールライフを送る、さまるんの未来が！」

「ひぃっ！　やめて、絶対できないフラグ立てるの！」

そういうフラグ立てるの、アオちん得意なんだから。

フラフラよろけながら、あたしは教室の後ろにズラリと並んでいる生徒用のロッカーにすがりついた。そして、勢いよく自分のロッカーを開けると、そこに見慣れないものがあった。

「……ん⁉」

なんだこれ？　手紙？

（……まさか……、これって⁉）

今、ロッカーにラブレターが入ってた気がする‼

ドキドキしながらロッカーをバシンと閉めて、あたしはおそるおそるもう一度ロッカーを開いた。……幻じゃなかった。ある！　夢にまで見たラブレターが、本当に、あたしのロッカーに、どーんと入っている‼

何度もロッカーを開けたり閉めたりしてるあたしを、アオちんが怪訝《けげん》そうな顔で見た。

あたしは、錯乱《さくらん》して不自然きわまりない顔でアオちんに笑い返した。

「うふ、うふふ、うふふふっ……」

夢じゃないかともう一度ロッカーを開けてみたら――、やっぱり確かに手紙があった。

ヤバい、呼吸がおかしくなってきた。

嘘みたい。本当にこれ、現実なんだ……！


あたしは、おそるおそるロッカーに入っていた手紙を開いて読み上げた。

「突然、手紙を書いてごめん。直接会って伝えたいことがあります。今日の放課後、噴水前で待ってます」

やっぱりだ！　手紙の中身は、紛《まご》うことなき愛の告白のための呼び出しだった。

信じられなくて手紙を呆然《ぼうぜん》と見つめているあたしの肩を、アオちんが嬉しそうにバシバシと叩く。

「ほら、きたモテモテスクールライフ」

すると、横で虎竹が詰まらなそうにフンと鼻を鳴らした。

「どうせカツアゲ的なオチだろ」

「あれれぇ？　嫉妬《しっと》でちゅか、虎竹たん」

「はぁ？　嫉妬なんかするわけねぇだろうがよ」

ヤンキーみたいにガン飛ばし合ってる二人をそっと振り返り、あたしはやたらと丁寧《ていねい》におしとやかにこう言った。

「アオちん、虎竹……。先……、帰ってて？」

平静を装《よそお》って手紙を見つめたまま教室を出てから——、あたしは唐突《とうとつ》に走り出した。

あんまり待たせて相手に帰られたら一生後悔する!!　すぐ噴水前に行かなくちゃ!!

ああ、でも待って！　どうしよう、これって本当に運命の恋の始まり!?　告白なんて生まれて初めてだよ。でもでも、虎竹の言う通り本当にカツアゲだったらどうしよう……!?

ダメだ、嬉しすぎて、頭の中ごちゃごちゃ。

あたしは、自分に必死にこう言い聞かせた。

(期待するな、あゆは！　落ち着け、あゆは！)

猛ダッシュで廊下を抜けて外へ飛び出すと、すぐに緑が多くて広々とした中庭にある噴水が見えてきた。

今まで気に留めたことなかったけど、こうして遠目からあらためて見てみると、うちの学校の噴水も結構豪華で風情《ふぜい》がある気がしてきた。水を弾く音が爽《さわ》やかに響いて、真っ白な縁に囲まれた池に落ちている。マイナスイオン出まくりで、ちゃぷちゃぷ跳ねる水の音が、耳に心地よくてなんだか癒《いや》される。そういえば、ここは校内のカップルがよく使う隠れた名スポットなんだった。なんだか愛の告白にはちょうどいい雰囲気《ふんいき》に感じて、あたしはもじもじしながら噴水前に向かった。

冷静に冷静に……、なんて無理！　ああ、駄目だ。緊張と期待で胸が破裂しそうになってる。今から運命の人と出逢って、あたしに愛の告白をしてくれるなんていう夢みたいな展開、あり得ないって!!

(けど……、もしかすると、もしかしたりして)

噴水前で相手の男子はもう待っていて、あたしの顔を見て嬉しそうに笑った。

「来てくれてサンキュな」

彼はそう言ってくれたけど、あたしは緊張しすぎてなんにも見えなくなっていた。もしかして、もしかして、もしかして……。の考えが、頭の中を無限リピートしている。

「……」

緊張でなにも言えなくなっているあたしに、彼はこう言った。

「あのさ……。俺と付き合う気、ある?」

――来た!!　運命のこの瞬間が、本当にあたしにも来てしまった!!

思わず、あたしは空に向かって大きく絶叫していた。

「も、も、もしかしちゃったぁ〰〰〰!!」

それと一緒に、あたしの勢いに押されてか、噴水がドバーっと今までに見たことのない量の水しぶきを空に向かって吹き上げた……ような気がした。

4

とんとん拍子で初デートの約束までこぎ着けたあたしは、目いっぱいお洒落《しゃれ》をして家を出て、待ち合わせ場所に向かっていた。いつも以上に気合いを入れてセットしたサラサラ黒髪ストレートロングヘアは光を弾いて艶々《つやつや》だし、リボンカチューシャと流行《はや》りのリュックもいい感じ。男ウケがバッチリの白のニットワンピもパールイヤリングもしっかり決まってる♡　今日のあたしは、完璧《かんぺき》に可愛《かわい》い、……はず。

あたしは、《LOVE♡ノート》を広げて、ずーっと前から書いておいた項目――《初デートで絶対することリスト》を確認しながらピョンッと飛び跳ねた。

「手を繋《つな》ぐでしょ、あ〜んしてあげるでしょ、プリは外せないし、あーっはっは……」

浮かれすぎて変なテンションの笑いを響かせながら走っていると、急に背中のリュックをぐんっと引っ張られた。

「ぐへっ⁉」

な、なに……⁉

ビックリして目を白黒させていると、あたしのすぐ目の前を猛烈な勢いで車がダーッと通り過ぎていった。気が付くとあたしは横断歩道の前にいて、信号は赤だった。

うわ、ヤバ……！　今、あたし、死ぬところだった⁉

そう思っていると、背後から『ん？』と怪訝《けげん》そうな声がした。――それは、極上《ごくじょう》のイケメンボイスだった。

「赤は止まれって、教わらなかったですか？」

「⁉」

目を瞬いて見てみると、そこには――呆《あき》れたような目をしてあたしを眺めている、弘光先生の顔があった。

「あ……」

「青」

信号が変わると同時に、あたしたちは一緒になって歩き出した。なんでこんな流れになったのかわからないまま、気が付けば、あたしは弘光先生と並んでいた。

沈黙が気まずくて、あたしはとりあえず口を開いた。

「あのぉ……、先生のお家《うち》って」

「五丁目です」

「あぁ……、やっぱりご近所さんなんですね、はは……、そっか……」

だからこんなに遭遇《そうぐう》率が高いんだ。……嬉しくない。まあ、弘光先生も同じ気持ちなんだろうけど。会話するほどのこともなくて、あたしたちはまた無言で並んで歩いた。

「……」

「……」

待ち合わせ場所に向かってしばらく歩いても、ずっと弘光先生と一緒に肩を並べている。どうしてなんだろうと思って、あたしは弘光先生を見た。

「……なんで、ついてくるんですか」

「通り道ですから、すき家の」

そう言って、弘光先生はあの行きつけのすき家の方を指さした。なるほど、そういえば。しかし、また牛丼ですか。

「えー。どんだけ、牛丼好きなんですか」

まあ、あたしも好きだけどね。失恋したあとのヤケ食いは、あのすき家っていつも決めてる。でも、もう失恋とは無縁なんだけどね。

「……そっちは？」

待ってました！　この質問！　あたしは、ちょっと胸を張って頰《ほお》に手を当てて、大人っぽい顔をして（いるつもりで）、弘光先生にこう宣言した。

「あっ……。ええ、昨日告《こく》られまして……。おデートに」

「へぇ」

「小林《こばやし》っていって、去年同《おな》クラだったんですけど、ずっとあたしのこと好きだったらしくてぇ♡　では！」

優雅に笑って颯爽《さっそう》と弘光先生を置き去りに歩いて、あたしはコッソリとガッツポーズをした。

（勝ったぁ〜！）

あたしのこと、たっぷりバカにしてくれちゃって！　あたしにだって、好きだって言ってくれる男子の一人や二人いるんだから!!

そう思って勝利を噛《か》み締めていると、すぐに弘光先生が追いついてきてこう聞いてきた。

「……さまるんは？」

「え」

つい振り返ると、どこかしらっとした顔をしている弘光先生が、ちゃんと聞き直してきた。

「ソイツのこと、好きなの？」

『もちろん!!』と即答したかったはずなのに、すぐには言葉が出てこなかった。あたしの本音を見透かしているように、弘光先生はあたしの顔を見て、そのまま歩き去ってしまった。

「……それは」

小林のことを、あたしは……。

「これから好きになるんですぅ♡」

そうそう、そういうこと。

　髪型を整えながら、あたしは小林が待ち合わせ場所に来るのを待った。告られてから好きになることだって、あるでしょ？　一歩一歩距離を縮めて、これからたっくさん小林に恋していけばいいいんだもん。そう思って、うきうきと小林を待っていると……。

「あ〜ゆは♪」

　やけに弾んだ声で名前を呼ばれて、振り返ると小林が立っていた。あたしは、小林の出《い》で立《た》ちを見て固まった。

　あ、あれ……!?　小林って、こんな顔だったっけ!?　なんか、サルのようなゴリラのようなキングコングのような……。そして、そんなモサい顔をしてるくせに髪型は長ったらしいアシンメトリーに決めて、ケミカルウォッシュの薄いデニムジャケット（非Gジャン）を着ている。人を殺せそうなほど尖った真っ赤なブーツを履《は》いて、絶対クリスチャンじゃないだろうにクロスのネックレスをして、黒いパンツに至ってはクラッシュしすぎなくらいに弾けて破れていて、すね毛がチラホラ見えていた。

　リアルでやってる人を初めてみたピースサインを『チョリ〜ス』と決めて、小林は上機嫌に歩み寄ってきた。

「おっまた〜」

小林は、なぜだか眩《まぶ》しそうに手をかざして太陽を見つめている。

「……あれ？」

……なんでだか、あたしは、今すぐ家に帰りたくなった。


——数時間後。

緊急招集にしぶしぶ出てきてくれたアオちんや虎竹と一緒に入ったファストフードで、あたしはハンバーガーを持ったまま固まっていた。

明るい店内でカウンターに並んで座っていると、予想通りだったのかどうか、アオちんはスマホをいじりながら適当にこう聞いてきた。

「——で、初デートの感想は？　……聞くまでもないか」

アオちんの言葉に今日のことがいろいろフラッシュバックして、あたしは急いでストローを取ってジュースをゴクゴク直飲《じかの》みした。今日のデートって……、いったいなんだったんだろうか……。

「なんか嫌なことされたのか？」

めずらしく真面目《まじめ》に心配してくれたのか、虎竹があたしの顔を覗《のぞ》き込んでくる。あたしは、すぐに首を振ってこう言った。

「ううん、全然……。けど」

『いやぁ、マジで昨日全然寝てねーわー』という小林のセリフから始まった今日のデートを思い浮かべて、泣きそうになりながら、あたしはいろいろ思ったことを並べていった。

「人殺せそうなくらい、靴尖《くつ》ってるなぁとか」

あの靴、すごかったな……。ていうか、本当に買う人いるんだな……。

そういえば、話すこともなくて時間持て余しちゃってカラオケに入った時も強烈だった。ものすごいノリノリでリモコンとマイクに飛びついたから、歌上手《うま》いのかと思ったら……。

「音外れてんなぁとか、小指立ってるなぁとか」

脳裏《のうり》に、マイクを握る手の小指がピンと立っていたり、無理してキーの高い曲を歌って思いっきり声が裏返っている小林の姿がよぎった。それなのに小林はガッツリ自分の世界に浸っちゃってて。本当に反応に困って、マラカス振りながら顔固まってたよ、あたし。

それから、ランチに入ったイタリアンでもビックリしたな。ピザを頼んだんだけど、小林は自分の分を食べたあとに手についた食べカスを舐《な》めて、それから……。なんと、『はい、あ～ん』と、あたしにピザを差し出してきたのだ！

「ええええっ、ペロペロした手でア～ン!?　とか」

あれはマジで固まった。そのあとも、嫌だったのに強引に手を握られて、プリクラ撮った時も。

「手汗ヤバいとか、変なところばーっか気になって」

小林とバイバイしたら、すぐ手を洗ってしまった。……そんな自分にも、自己嫌悪しちゃって。小林、変だったけど別に悪い奴じゃなかったのに……。

泣きそうになりながら愚痴《ぐち》っていると、スマホを見ながらアオちんがあっさりと席を立った。

「彼氏のバイト終わるから帰んね」

「だからちょっとは、労《いたわ》って！」

「あーごめん、友情より愛情」

あっさりそう言って、アオちんはさっさとリュックを肩に背負った。そんなアオちんを、感心したように虎竹が見送った。

「潔《いさぎよ》いなぁ、お前」

え、待って……！　なに、この感じ!?

もしかして、アオちんも虎竹もこの展開予想済みだったわけ!?

驚いて、あたしは急いで彼氏持ちで恋愛の先輩のアオちんにこう聞いた。

「最後に教えて！　ドキドキときめいたりするのって、二次元だけの話!?　これがリアルなの？」

すると、『愚問《ぐもん》を』とばかりに、アオちんは、体は子供で頭脳は大人な名探偵のように鋭い目であたしを見返した。

「バーロー……。二次元だろうがリアルだろうが、ガチ恋したら胸ボンババぼんだっつ〜の！」

そう言って、アオちんは自分の服に手を突っ込んで心臓バクバクしてる仕草をした。それから、アオちんはとっとと自分の彼氏の元へと去っていった。

虎竹と二人だけになって、あたしはまたもズーンと沈み込んだ。テーブルにガンッと勢いよく突っ伏して、あたしはこう言った。

「どうしよ……。小林にボンババぼんする自分が、全っ然想像できない」

「だろうな」

「だろうなって……」

どうしてそんなこと簡単に言うのよ？

そう思ってると、虎竹は真面目な顔をしてあたしを見た。

「だってさ。……本当に好きな相手なら、変なところも愛らしく見えるもんじゃないの？」

そっか……。虎竹は、そんな風に思ってるんだ。……悔《くや》しいけど、虎竹の言う通りだ。

あたしは、小林が悪い奴じゃないって思ってるのに、変なところひとつひとつが気になっちゃって、とっても可愛《かわい》いなんて思えそうにない。小林といると、どんどん自分が嫌な奴になっていく気がする。それはきっと、あたしが小林を好きじゃないからいけないんだ。

……好きじゃない人と、簡単に付き合っちゃいけなかったんだ。

あたしは、まっすぐに顔を上げて虎竹にこう言った。

「……明日、ちゃんと『ごめんなさい』する」

「ん？」

驚いたように目を見開いた虎竹に、あたしはこくりと頷《うなず》き返した。

「うん！」

虎竹はやっぱりあたしに呆《あき》れていたけれど、……でも、あたしのことをよくわかってくれてる。あたし、やっぱり間違えちゃったんだ。なら、早くちゃんと小林に謝らないといけないよね……。

翌日――。

小林をあの噴水前に呼び出して、『やっぱり付き合うの止めよう』と言った途端だった。豹変《ひょうへん》した小林に突き飛ばされて、ビビッてたせいかあたしはそのまま噴水の水が溜まっている池に突っ込んで尻餅《しりもち》をついた。

でも、好きになれそうな見込みがほんのちょっともないのに簡単に付き合っちゃったあたしが悪いし、小林を傷つけちゃったんだから仕方ない。半泣きになりながら、あたしはもう一回小林に大きな声で謝った。

「ごめんなさい!!」

「クッ……、クソ女が！」

あたしを突き飛ばしたことに自分でもビックリしてるらしき小林は、人目を気にしてちょっとキョロキョロしながらもそう吐き捨てて去っていった。

うう、すっごい惨《みじ》めな気分……。でも、仕方ないよね。あたしが逆の立場だったら、そりゃ暴力は振るわないだろうけど、ものすごい怒ると思うもん……。

（そりゃこうなるよ。だって、あたし酷《ひど》いことを……）

ヤバい。涙が出そう。……でも、泣きたいのはあたしじゃなくて小林だよね。噴水の水、超冷たい……けど。

（泣いちゃダメ。そんな資格、……ない）

唇を嚙《か》み締めて涙を我慢していると、池の上に誰かの影が差した。驚いて顔を上げてみると、そこには——弘光先生が立っていた。弘光先生は、教師らしいところなんて少しもなくて、冷たくてあたしをバカにしてばっかりのはずなのに。

「……なんで」

ここにいるの？　あたしがピンチの時に——いつも来てくれるの？

驚いて固まっているあたしを見てため息をついてから、弘光先生はこちらに手を差し伸べてくれた。

「ほら」

……でも、あたしにこの手を摑《つか》む権利はない。優しくされちゃダメなんだ。

自分で立ち上がって噴水の池から出て、あたしは弘光先生にこう言った。

「最悪ですよね。あんなに浮かれてたくせに」

「……まあ、女子に手を上げる方が最悪ですけど」

弘光先生が、あたしを見てそう言う。

でも、あたしもすごく酷いことをしてしまった。小林の気持ちをたくさん傷つけたんだと思う。あたしは、自分が本当に惨めったらしく思えて、弘光先生に、独《ひと》り言《ごと》でもぼやくみたいに気持ちを打ち明けた。

「みんな、当たり前に恋人ができて……。あたしの知らないこと知ってて、あたしだけ置いてきぼりで……」

「……」

「初めて好きって言ってもらえたのに……。なんで、あたしって」

「楽《らく》しようとしてるからだよ」

あたしの言葉をさえぎるように、冷静な声で弘光先生がそう言った。どういう意味かわからなくて、あたしは弘光先生の顔を見た。

「は？」

弘光先生は、やれやれとばかりに首を振って、またこう言った。

「好きな人、楽して作ろうとしたでしょ？」

「してません！　振られまくっても、頑張って好きな人に告《こく》って」

それで結構傷ついて、麻痺《まひ》するまで傷ついても、あたしはあたしなりに頑張ってきた。

それなのに、なんでそんな全否定するようなこと言うの？

すると、弘光先生はわかり切ったことみたいにこう言った。

「告白しないで後悔《こうかい》したくないからでしょ」

それはそうだけど、でも、それって頑張ってないってことなの？　楽してるってことなの？　わからなくて、あたしは弘光先生を見た。

「けど！」

弘光先生は、まるで数学の授業でできない生徒のあたしに教えるみたいに、親指から一本ずつ指を増やしながらこう言った。

「さまるんの幸せとは、好きな人と両想いになること。さまるんは、小林が好きではない。従って、さまるんは幸せになれない。……ほら、三段論法成立」

「さ、さんだん？」

「全部、自分の自己中さが招いた結果です」

「そうですけど……」

わけがわからなくなって、あたしはへなへなと噴水の縁《ふち》に座り込んだ。すると、ずっと我慢していた涙が、ぽたっと噴水の池に落ちた。涙は、ゆっくりと水面に波紋を作っていった。

そりゃ、『彼氏ができるかも』って安易に喜んで小林の告白に飛びついちゃったのは認めるけど、でも、誰かに好きになられるなんて初めてで、嬉しかったんだもん。小林を好きにはなれなかったけど、小林に告られて嬉しかった気持ちだけは本当だよ。結果はさんざんだったけど、でも、それでも。

「だって……。好きな人が自分を好きとか、奇跡じゃないですかっ……」

あたしは、大泣きしそうになるのを歯を食いしばりながら、搾《しぼ》り出すようにしてそう言った。

アオちんやまわりの友達には簡単に起こってる奇跡が、あたしにはとてもとても難しくて。

でも、そんな奇跡が自分にも起こるかもって思ったら、舞い上がってなにも考えられなくなってしまったんだ。小林に告られてから、自分の感情に自分でついていけなくて、わけがわからなくなっていたけれど、あたしはようやく自分の気持ちを整理できた気がした。

告白された時に浮き立ったあの気持ちが、『ただ告られて嬉しいだけ』だって最初からちゃんとわかってたら、きっと小林と付き合ったりはしなかった。

弘光先生は、しばらく黙ってあたしを見つめていたけれど、やがてこう言った。

「じゃあ、まず、漫然と生きるのやめたら？」

「ま、まんぜん？」

急に飛び出してきた難しい言葉に、あたしは涙目のまま固まった。弘光先生は、自分ではそんなこと思ってないんだろうけど、初めてちょっとだけ教師らしい顔をして、あたしにこう言った。

「考えたことある？　自分がやりたいこと」

『彼氏が欲しい』――というのなら願望としてあるけど、それじゃないってこと……？

でも、あたしには恋愛以外なにもない。両想いの恋ができればいろんな悩みも全部解決すると思ってたけど、今の状況を変えるために必要なのは、違うことなのかな。でも……。

「……具体的には、なにをすればいいんですか」

「それを考えろって言ってるんです」

呆れたようにそう言って――。それなのになぜか、弘光先生は少し黙ってあたしを見つめた。けれど、すぐに弘光先生はあたしから目を逸《そ》らした。

「水遊び、続けたいならご勝手に」

弘光先生が立ち去ってしまってから、あたしは一人で涙をこらえた。小林に言われるならともかく、あたし、なんで弘光先生にこんな散々なこと言われてんの!?　そりゃ、ちょっとは気持ちを整理できたけど……。でも、なんて冷たい奴なんだろう。弘光先生め……！

＊＊＊

　あゆはを残して校内に戻ってから、弘光はふと自分が口にした言葉を考えた。

『漫然と生きるのやめたら？』――か。なぜだか、その言葉が胸に響く。少し自嘲《じちょう》するように笑って、弘光は小さく口の中でつぶやいた。

「……やりたいこと、か」

　廊下《ろうか》を歩きながらしばらく無言で考え込んだあと、そのまま無表情に戻って、弘光は数学準備室へと戻ったのだった。

5

翌日、教室に入るなり、あたしはアオちんや虎竹と一緒に弘光先生対策について話し合った。……というか、あたしが一方的に話しているだけで、アオちんも虎竹もちょっと呆《あき》れ気味な顔してるんだけど、まあそれは置いといて。

「先生をぎゃふんと言わせたい。そのためには、先生よりかっこいいスパダリを作らなきゃダメ。それまでは、なにを言っても論破《ろんぱ》される。従って関わるのをやめる！　はい三段論法成立！」

完璧《かんぺき》な作戦！　逃げるが勝ちって言葉もあるし、弘光先生には当分敵《かな》いっこないんだから、とにかくスルーするしか対応策がない。……なんかあたし、目の敵《かたき》にされてる気がするし。やっぱり、あの牛丼代の借りが効いてしまっているんだろうか？

するとあたしの作戦を聞いた虎竹が、こう突っ込んできた。

「うーん。今、四段あったよな」

「てか関わるのやめるって、あいつ担任だぜ？」

アオちんも、『そんなの無理だろ』って顔であたしを見ている。そうなんだ、困ったことに弘光先生はうちのクラスの担任なんだ。でも、弘光先生と正攻法で言い合いしたって、勝てる気がしない。

「めっちゃ考えたけど、これしかないから！　半径一メートル以内に近づかないから！」

「いやいや、お前今日、日直じゃん」

「うえっ!?」

虎竹が黒板を指差して、あたしは目をそちらにやった。黒板の隅っこには確かにしっかりあたしの名前があって、『放課後、日直は数学ノートを集めて提出すること』と書いてある。――トラウマになりつつある、弘光先生の綺麗《きれい》な字で。

マジでか……。がっくりと肩を落として、あたしはクラスメイトから数学のノートを受け取って教室を出た。

さすがにひとクラス分ともなると、たかが数学のノートとはいえ、結構な量になる。でも、今はこのノートの山よりも、これから弘光先生のいる数学準備室に行かなきゃいけないことの方がずっしりと胸にのしかかってくる。

うう、またキツいダメ出しされたら嫌だな……。

なんとか、すぐにでも数学準備室から抜け出す方法を考えなきゃ。あたしは、廊下で一人数学準備室に入ってからのイメージトレーニングをした。

「パッと渡して、パッと出る。……うん、いける！　いけるいけるいける！」

何回か数学ノートを渡す練習をして、かなり俊敏に動けるようになったところで、あたしは息を整えて数学準備室のドアを開けた。

すると、その途端、数学準備室の中から甘えるような声が聞こえてきた。

「ねえ弘光先生って、彼女とかいんの？」

「いんの？」

「「いんの？」」

目を瞬いて数学準備室の中をよく見てみると、弘光先生に後ろからピタッとくっつくように、クラスメイトの騒がしい女子二人組、詩乃と夏穂が可愛《かわい》らしくはしゃいでいた。密着指数は、限りなくマックスに近い。詩乃と夏穂が制服を着てなければ、普通に弘光先生とカップルみたいに見える。

二人は、反応のない弘光先生の眼鏡《めがね》の先で手をぶんぶん振ったりしている。

「あれ？」

「あれれ？　もしもーし」

からかうみたいに、二人はそう笑い合った。

さすがは詩乃と夏穂だ。確か二人して、この間は『あたしたちの恋愛戦闘力は53万レベル』っていってたっけ。どこの世界のラスボスだよ。あたしなんか、恋愛戦闘力せいぜい5かそこらのゴミみたいな女子高生なのに。

「ねーえ？」

「ねぇってばぁ」

声がやたらめったら甘い！　これが猫なで声か！　リアルで初めて聞いたよ。

「え、……距離感おかしくない？」

あたしは、ビックリして三人をじっと見つめた。

「なに、この恋愛戦闘力……。え、サイヤ人!?　フリーザ!?」

対する弘光先生の恋愛戦闘力は!?　あたしに対しては鬼強いけど、詩乃や夏穂みたいな女子力高い女子高生に対しては、案外弱かったりして……!?　たとえばバトル系少年漫画の『ドラゴンボール』で言うと、地球人のヘタレ代表のヤムチャぐらいとか!?　『ドラゴンボール』、大好きなんだよね！　確かヤムチャの戦闘力は『177』だったっけ。——弘光先生の恋愛戦闘力は、そんなところなんじゃないの!?

あの超絶クールな弘光先生に、こんな弱点があったなんて！　あたしの目には、弘光先生の恋愛ヒットポイントゲージが詩乃と夏穂の連続コンボによってどんどん減っていくのが見える気がした。

なんだ、こんなことが苦手なら、あたしもやり込められてばかりいないで弘光先生に小悪魔っぽく迫ってみればよかった。……いや、ダメだ。恋愛戦闘力ひと桁《けた》のあたしじゃ、即撃沈する。ここはやっぱり、女子力振り切れてる詩乃と夏穂に任せよう！

「この展開、オラ、ワクワクしてきたぞ！」

二人を応援しようとあたしが小旗を振っていると、詩乃と夏穂が拗《す》ねたように唇を尖らせて、弘光先生の頬を突《つつ》いた。

「あんま冷たくすると数学の授業、真面目《まじめ》に受けないよ?」

「受けないよ？」

おお！　いくら弘光先生といえども数学教師！　この攻撃は効くんじゃない!?

あたしは、ちらっと弘光先生を見た。弘光先生は立ち上がって、

「かまいませんよ」

即答で、そう言った。しかも、困った顔ひとつしていない。マジで『お好きにどうぞ』と思っている顔だ。さっきまで瀕死《ひんし》状態だったはずの弘光先生の恋愛ヒットポイントゲージが、猛回復して振り切れていった気がした。弘光先生、なんでこんなに若くて可愛い女子二人に迫られて、少っしも動揺《どうよう》してないの!?

も、もしかして弘光先生って、結構恋愛経験アリなのかも……!?

女子力全開で可愛らしく迫ったのに激しく撃沈してショックで卒倒しかけている詩乃と夏穂に、弘光先生はこう言った。

「この前も言いましたよね。必要性もわからぬまま勉強するのは、それこそ時間の無駄遣いですから」

「……」

詩乃と夏穂は、グサグサやられまくった胸を押さえて震えながら、助けを請《こ》うように弘光先生を見た。まさに瀕死状態だ。けれど、弘光先生はひと言。

「まだなにか?」

フォローもなし!?

女子力マックスだったはずのモテモテな詩乃と夏穂は、恋愛ヒットポイントがゼロになって吹っ飛んだ——ような気がした。ついでに、弘光先生の恋愛戦闘力も急上昇して、見たこともない数値になった気がした。弘光先生の恋愛戦闘力を測っていた(つもりの)あたしの妄想スカウターも、一緒になって爆発した。

(ぬおぉっ!?)

見てはいけないものを見てしまった気がして、あたしまでその場に倒れ込んだ。


とぼとぼと歩き去っていく詩乃と夏穂を倒れたまま物陰に身を潜めてやりすごして、あたしはぞぞっと背筋が冷たくなる思いがした。

(鬼や……。あの人、イケメンの皮を被《かぶ》った鬼や……)

アワアワと青くなりながら弘光先生を覗《のぞ》き見ていると、ふいにこう声をかけられた。

「隠れてないで、手伝ってもらえます?」

「!?」

え、バレてる!?

もしかして、あたしがここにいること、ずっと気が付いていたの!?

弘光先生は、ちっとも驚いた様子もなくこっちを見てる。仕方なく、あたしはクラス全員分の数学ノートを抱えたまま、数学準備室の中へと入った。


あああ、なんでこんなことに……!?

(半径一メートル以内に近づかないはずが……)

……しっかり、隣で手伝うことになってる。

あたしは、弘光先生の隣に座って、次々とクラスメイトの数学ノートを渡していった。

弘光先生は、黙々とノートをチェックして、評価を続けている。スタンプは、『大変よくできました』と、『もっと頑張りましょう』の二種類。でも、登場率は圧倒的に『もっと頑張りましょう』スタンプが多い。中にはうちの高校の名物教師のザキヤマ先生の似顔絵イラストを描いてるお茶目なノートもあったけど、それも当然のごとくあっさりスルー。

てか、うちのクラスって、そんなに数学の出来が残念な生徒が多いんだろうか?

近寄りたくなくて数学教室に置いてあった巨大定規で半径一メートルを測っていると、

弘光先生が振り返ってちょっとぶつかった。あたしは急いで笑顔を作って謝った。

「あー、ごめんなさい、すみませんでしたっ」

テヘッと笑ってごまかして、あたしは弘光先生のお手伝いを続けた。弘光先生に、あたしは次のノートを手渡した。そのまま、息を合わせて数学のノートチェックが続いていく。

弘光先生に次々返されるクラスメイトたちの数学ノートを見て、あたしはこうつぶやいた。

「……もっと頑張りましょう、ばっかですね」

あたしがそう突っ込んでみると、弘光先生はポンポンと『もっと頑張りましょう』のスタンプを押しながらこう答えた。

「公平に評価した結果です」

そりゃ、そうかもしれないけど、こんなに辛口《からくち》評価だらけじゃ、弘光先生の評判がちょっと心配だ。赴任《ふにん》してきたばっかりなのに……。

「そんなんじゃ、嫌われちゃいますよ？」

「別に好かれなくていいですから」

そうなんだ。普通、教師って、生徒に好かれたがったり生徒からの評判を気にするもんだと思ってたけど。

「え……。じゃあ、なんで先生は教師になったんですか」

「……なんとなく暇だったので」

少しだけ沈黙したあとで、弘光先生はそう答えた。ちょっとだけ間があったのに引っかかりながらも、あたしはこう答えた。

「へえ〜、数学が好きだからとかじゃないんですね」

「……」

あれ？　弘光先生、答えない。

どうしたんだろう。なんだか、ちょっと考えてるような、落ち込んでいるような……？

俺様越えのキャラしたクールすぎる教師だと思っていたのに、弘光先生がこんな顔するなんて、ちょっと意外だった。弘光先生が少し悲しそうな気がして、あたしは明るくこう言ってみた。

「あ、ドラマとかだとあれですよね、慕《した》われる先生的なのに憧れるとか！　……えっとー、あ、あれなんでしたっけ。あ、『三年〜、B組ぃ〜！』的な」

立ち上がって髪をかき上げてそう物真似《ものまね》をしてみると、

「……」

ピンと来ないのか、弘光先生は目を見開いたまま黙ってる。ほんと、黙ってれば超イケメンなのになぁ。どうしてこう、つれないんだろう。ツンしかないよ、この先生は。もっとデレ要素を増量してくれれば、校内での人気も猛烈沸騰《ふっとう》間違いなしなのに。

なんとか弘光先生にこちらが振ったネタをわかってもらおうと、あたしは無駄にハッスルしてリアクション付きの高再現度な物真似を繰り広げた。

「あ、あれです、えっとぉ……。『このバカチンがぁ!』的な! いや、『人という字は、人と人が……』」

「……それ、もしかして、金八《きんぱち》?」

「そう、それです!」

よかった、やっと伝わった! テレビの懐かしドラマ特集なんかで見た昭和のよき先生の代表っていうイメージだったんだけど、教師志望するような人って、みんな心に金八を飼ってるもんだと思ってた。

すると、弘光先生は、突然くすくすと笑い出した。やけに楽しそうに弘光先生が笑い出したから、こっちの方がきょとんとしてしまった。

「へ」

「そんな、全力で真似しなくても」

本当に面白く思ってくれてるのか、弘光先生はお腹を抱えて笑っている。おお、金八ネタがウケた!? 世代なのかな……!?

（なんて思ったけど、あとで親に聞いたら弘光先生も全っ然世代じゃないらしい）

　でも、弘光先生は確かに笑ってくれてる。こんな純粋に笑ってる弘光先生の顔、初めて見た。なんか、ちょっと、可愛《かわい》い……？　弘光先生も、こんな素直に感情を表現したりできるんだ。弘光先生は、ただの冷たいばっかりな先生じゃなかった。それに、ただでさえ超イケメンなのに、表情を崩すとさらにイケメンなことまで発見してしまった。

　口元を綻《ほころ》ばせながら眼鏡《めがね》を取って、あたしにも可愛い笑顔を向けて、弘光先生は笑い続けてる。押さえた唇も綺麗《きれい》な形で、よーく見るとセクシーですらある気がした。

「はぁ……。久々にこんな笑った」

　弘光先生の笑顔にすっかり見惚《みと》れていると、あたしはふと、自分の胸がドキドキと甘く高鳴っていることに気が付いた。

「ふぁっ……、ぬぉっ⁉」

　えっ⁉　なに、この、久々に――どころか、初めて味わうような超ド級の胸のときめきは⁉　あ、あたし、まさか、弘光先生にときめいちゃってる……⁉　ボンババぼんして飛び出してきたように感じた心臓《ハート》を戻すようにして、あたしは必死に胸を押さえた。

　弘光先生は、まだ笑い声を立ててこちらを見ている。なんだか後光《ごこう》が差して弘光先生の笑顔が輝いているようにすら見えてしまって、あたしは白目を剝《む》きそうになった。

(……いやいや、いやいやいやいや、いやいやいやいやいや！)

あたし……、弘光先生のなににときめいちゃってるの⁉　顔⁉　それともギャップ⁉　あんなにたくさん冷たくダメ出しされたのに……。

……でも、よく考えると、弘光先生があたしやクラスメイトたちに言ったことは、とても筋が通っていて、少なくとも間違った話はしていなかった。勉強する意味も必要性もわからないのに勉強したって仕方ないってのは、確かにその通りだと思う。

でも、そんなに簡単に正しい方向に向かっていけたらいいんだけど、それがなかなかあたしたちにはまだ難しくて……。弘光先生には、そういう『正しいこと』が難しかった時はなかったのかな？　最初から、今みたいに完璧《かんぺき》だったのかな。……気が付けばあたしは、弘光先生のことばかり考えていた。

でも、いや、あの弘光先生だよ──⁉

(ないないない、絶対ない！　先生だけは、絶対ないっ‼)

好きになったって、素敵な未来なんて待ってるわけがない。……どうやら、あたしはまた、新たな弘光先生対策を考えなければいけないみたいだ。

作り笑顔で手を振って弘光先生と別れて、あたしは悶々《もんもん》とした頭を抱えながら家に走った。

6

家に帰るなり自分の部屋に閉じこもって机に向かい、あたしは、急いで自作のマイバイブル《ＬＯＶＥ♡ノート》を広げた。ここには、運命の恋の相手のすべてを書き連ねていく予定だったけど、この際しょうがない。
あたしは、急いで書道セットを取り出して、ぶっとい筆で、ある文章を殴《なぐ》り書きした。
（《センセイを好きにならないための三か条》――!!）
これだ、今のあたしにはこれが絶対必要！

（一、《見ない》!!）

そうだよ。まず、第一には、《見ない》こと！　見ないようにすごしてればこれ以上ときめくこともないし、恋に発展することもない。

（見ない見ない見ない見ない見ない見ない……！）

なんとか日常で視界から弘光先生を追い出すように努めてすごしていたんだけど、――なんたってあたしたちは、担任と生徒で、その上ご近所さんだ。弘光先生を避けまくってすごした次の日も、たまたま学校帰りに入ったあのすき家で、しっかり弘光先生と遭遇《そうぐう》してしまった。

ヤバいっ……！　一瞬ちらっと目が合った気がしたけど、あたしは急いで踵《きびす》を返して猛ダッシュで逃げた。

どうして弘光先生はいつもあたしのそばに現れるの……!?

あたしは、すき家を避けて家に帰って大慌てでまた自分の部屋に飛び込んで、《LOVE♡ノート》に向かい合うことになった。

《見ない》って……、案外難しいみたい。それなら、次の一条は、《喋《しゃべ》らない》ことだ！

あたしと弘光先生はご近所さんで、よく遭遇してしまうのは避けられそうにない。……なら、直に接触しないように気を付けるしかない！　あたしは、家の周りでも高校でも、とにかく弘光先生と《喋らない》ようにすることにした。そうすれば、弘光先生への気の迷いのときめきなんて、すぐに忘れられる……はず。

固い決意を胸に、あたしは翌日、弘光先生のいる学校へと向かった。

（喋らない喋らない喋らない喋らない喋らない喋らない……！）

その日も一日中頑張って、念仏《ねんぶつ》みたいにブツブツそう唱えながら外の渡り廊下《ろうか》を歩いていると……。

なんと、荷物を抱えた弘光先生に遭遇した。弘光先生が、某《ぼう》有名冬季五輪二連覇《れんぱ》金メダリストみたいに、くいっと襟《えり》のところを歯で噛《か》んで片手で颯爽《さっそう》とジャージの前を開ける。

……たぶん普通にジャージ脱いだだけなんだろうけど、無駄に色気たっぷりに感じちゃって、まるで少女漫画のヒーローみたいに見えた。

「エッロォォ……!!」

思わず叫びそうになるのを、あたしは慌てて我慢した。あ、危なかった……！　ときめいてるのが弘光先生にバレるとこだった！　ていうかその前に、公衆の面前で『エロイ!!』とか叫んだら、こっちが変態だよ。

それにしても、弘光先生、超絶イケメンの上にセクシーさまで極めてるの!? こんなん、惚《ほ》れない方がおかしいよ……っ。

「ちょっと持っててもらえますか」

あたしの存在に気付いた弘光先生が、何気ない顔で持っている荷物を差し出してきた。

あんなセクシー見せつけといて、なんでそんなになにも意識してない顔するの!? こっちは、大パニックだっていうのに……っ。

「はい……っ」

動揺《どうよう》しながらも、目を逸《そ》らしたままあたしはなんとか荷物を受け取った。もうさっさとどっか行ってよ、弘光先生!

「?」

振り返った弘光先生は、ジャージをさらっと脱いでいて、ついでに中に着ているシャツもボタンがひとつふたつ外れていて、綺麗な鎖骨《さこつ》が露わになっていた。

「鎖骨ヤッッ……!!」
ヤ、ヤバすぎる!!
いや、ダメだっ。あたしは、慌てて両手で口を押さえた。

(喋らない喋らない喋らない喋らない喋らない……!!)

鼻血を噴きそうになって首をぶんぶん振っているあたしを、弘光先生が怪訝《けげん》な顔で見つめている。

「鎖骨？　なに？」

いや、今ダメだから！　そんな格好であたしに迫ってこないで!!　なんとかギリギリで正気を保って、あたしは荷物を慌てて返して、弘光先生の前から逃げた。

「ありがと」

弘光先生のお礼が後ろから聞こえて、それだけで超嬉しい……。……って、そんなので喜んじゃダメぇっ！

……だ、大丈夫！　まだ《センセイを好きにならないための三か条》の最後の砦《とりで》がある!!　あたしは、今までよりもさらに大きく強く殴り書きした《考えない》の文字とにらめっこをした。

見ないようにするのも、喋らないようにするのも無理なら、最後の手段は――考えないことでときめきを忘れるしかない！

そう決意して、あたしはそれから、毎日のようにある数学の授業に臨《のぞ》んだ。

(考えない考えない考えない考えない考えない考えないぃ……!!)

考えないようにしようと決意したその次の日の一時間目が、数学だった。あたしは数学の授業時間を、──呪文みたいに『考えない』と唱えながらやりすごすことにした。教科書を盾にして、その裏でずっと首を振りながら『考えない考えない』と念じ続けていると──。

あたしの席へ、弘光先生の足音が近づいてきた。お願い、あたしの前は通りすぎて!

……という祈りも虚《むな》しく、弘光先生はあたしの顔を隠していた数学の教科書をすっと取り上げた。

おそるおそるおきて顔を上げてみると、弘光先生がまっすぐにあたしの目を見ていた。

「……放課後、数学準備室に来てください」

「!?」

な、なにこれ……!?

なんの呼び出し!?

こっちはこれ以上ときめかないように一生懸命弘光先生を避けてるっていうのに、人の気も知らないで……。弘光先生は、いったいどういうつもりなんだろう? ……いや、どういうつもりもなにも、授業を聞いてなかったことを怒られるだけか。弘光先生にとっては、あたしはただの受け持ちのクラスの生徒の一人なんだから……。

戸惑いとガッカリが同時に来て、あたしはなんだか目がまわりそうになった。そう、そうだよね。お呼び出しの数学準備室で、ただ怒られるだけだよ。まったく、本当に単純なんだから。あたしって奴は……。


はあ〜と大きくため息をついてから、あたしは数学準備室のドアを開けた。しょんぼりと項垂《うなだ》れて弘光先生の方を覗《のぞ》き込んでいると、弘光先生がこう声をかけてきた。

「……で？　今度はなにに悩んでるんですか？」

「あのぉ……、お説教じゃ……？」

おそるおそる弘光先生の方へ近づいていくと、あっさりと弘光先生はこう答えた。

「勉強は、するもしないも自己責任ですから」

まったくその通りだ。

弘光先生の言うことは、いつも通り厳しい。でも、確かにもう義務教育じゃないんだから、あたしたちの人生も学校生活も自己責任だ。まわりが行くからっていうあいまいな理由で進学を決めたけど、とにもかくにも高校に入ることを決めたのはあたし自身で、なんで勉強するのかといえばあたし自身のために他ならなくて。……弘光先生と話してると、そういう物事の基本だったり、土台だったりすることを自然と教えられる。弘光先生って、そういう人なんだ。

ちょっとずつだけど、そういう弘光先生の持っている他の教師とは違う『先生らしさ』をだんだんと知っていくにつれて、……あたしはもう、弘光先生のことを嫌いにはなれなくなっていた。言い方はキツいし、誤解はされやすいと思うけど、弘光先生はまっとうなことしか言ってないんだもん。あたしは、もう弘光先生のそういうところを知ってしまっているんだもん。嫌いになんて……、なれないよ。

「……」

こちらをまっすぐに見つめてくれている弘光先生を見返して、あたしはちょっと考え込んだ。お説教じゃないとしたら、この呼び出しって……？

「え……。もしかして、あたしを心配して？」

「うん」

「!?」

こっちは心臓が口から飛び出そうな気持ちで聞いているのに、弘光先生は平然と頷いた。

ドキュンと胸を撃たれたかと思った。そのくらいに大きく心臓がどきんと跳ね上がって、あたしは胸を押さえた。

優しい……あの冷たい弘光先生が、あたしに優しい。それも、あたしにだけ、優しいの……!?

(そんな優しくされたら、惚れてまうやろ～!!)

顔から火が出る代わりに、胸から大きなピンク色のハートオーラが飛び出した気がした。

そんなあたしの気持ちにちっとも気付いていない様子の弘光先生は、立ち上がってあたしの椅子《いす》をわざわざ出してくれて、こう促してくる。

「この前手伝ってもらいましたしね。はい、ほら早く」

いや、そう言われましても!

(『どうしたら先生を好きにならずにいられるか、悩んでます』……。なんて言えるか～い!)

心の中から冷静な『失恋ストッパーあゆは』が出てきて、弘光先生にそう突っ込みを入れる……けど、もうダメだ。もう《センセイを好きにならないための三か条》なんて、ちっとも効果ないよ!

そう思ってときめきまくりの視線を弘光先生に送ると、弘光先生は呆《あき》れたようにこう言ってきた。

「なに？　またどうやったら彼氏ができますかって話？」

お見通しみたいなその態度……にすら、ときめいてしまう。あたし、彼の手のひらの上!?

でも、この気持ちを悟られたらさすがにマズい。あたしは、急いで弘光先生の振りに乗っかることにした。

「あっ、はい、そんな感じです！　なので、わざわざ話を聞いてもらうまでもないっていうか……。まぁ、だって仕方ないじゃないですか。あたしって」

「？」

「顔もスタイルも普通だし、バカだし……」

なんとか弘光先生をごまかそうと嘘の悩みを話していたはずなのに、気が付けばあたしは、どんどん自虐《じぎゃく》の方向へ突っ走っていた。

「……取り柄ないし」

(自分で言ってて、泣けてくる……)

いつの間にか、ガチ悩み相談になってしまった……。

え、あたし結構なダメ人間？　こんな人間が恋したいとか、思い上がりもいいところ？

半泣きになりながらも、やっぱり弘光先生の言ってたダメ出しは正しいんだと思った。

確かに、あたしなんかどうしようもない。しょんぼりとしたまま、あたしは弘光先生にこう言った。

「こんなつまらない人間、誰も相手にしてくれませんよぉ……」

そう言った途端、弘光先生が口を開いた。

「さまるん、まっすぐじゃないですか」

「え？」

急になにを言われたのかわからなくなって、あたしは顔を上げた。弘光先生は、ストレートにあたしを見つめたまま、さらりとこう言った。

「そこを可愛《かわい》いと思う人も、きっといますよ」

「!?!?」

あたしは、一瞬にしてパニックになった。

え、これ、あたしをからかって遊んでるわけじゃないよね!?

マジでガチで言ってくれてるんだよね……!?

こんな状況、想定外すぎてヤバい。あの冷たくて正しいことしか言わなくて微塵《みじん》も甘えたところのない完璧《かんぺき》超人な弘光先生が、あたしにこんなこと言ってくれるなんて！　しかも、あたしをまっすぐに熱く（？）見つめて!!

（だから、惚れてま……）

「悩みはそれだけ？」

へ!?

いや、実は別にそこは悩んでなかったんだけど……、まさかこんな風に答えてもらえるなんて思ってなかった。あたしは、ハッと我に返った。このまま弘光先生のそばにいたらマズい!!

（惚れる前に、逃げるべし！）

呆然《ぼうぜん》としたまま心の中の『失恋ストッパーあゆは』の命令に従って、あたしは急いで席を立った。

「はいっ！　だから、あたしは、これで帰りまーっす……」

その途端だった。

数学準備室の窓が、ビカッと白く光った。稲光だ。即大きな落雷の音が鳴って、大雨が降り始める。土砂降りだ。

「はっ……!?」

嘘……!?　こんなタイミングで、この大雨なの!?

どうしよう。あたし、傘持ってないよ……。

動揺《どうよう》しながらも下駄箱《げたばこ》までやってくると、あたしを追いかけるようにして弘光先生も現れた。弘光先生も、ちょうど帰る頃だったのかもしれない。固まったまま外の土砂降りを眺めているあたしのそばに来て、弘光先生はこう聞いてきた。

「……傘ないんですか？」

「あ、いやぁ……」

「じゃあ、俺の使ってください」

「いや、けど、先生のが」

「車、すぐそこだから」

弘光先生は、傘立てから自分の傘を探している。けれど、急に降り出した大雨のせいか、傘立てにはあまり傘が残っていない。弘光先生はちょっと舌打ちをして、肩をすくめた。

「……誰か持ってったな」

いきなりのこの大雨だもん。天気予報でも雨が降るなんて言ってなかったし、きっとアホな生徒がなにも考えずに持ってっちゃったんだろうな。

「あー……。なら、あたし、雨止むまで教室で宿題でもやってますんで。では」

……ヤバい。普段なら宿題やるとかみたいなまじめな発想が微塵《みじん》もないから、かなりわざとらしいセリフになっちゃった。気まずさをごまかそうと急いで外へ出ると、弘光先生にもわざとらしさは伝わってしまっていたらしく、やれやれとばかりにこう声をかけてきた。

「あー、ちょっと待って」

「はい」

「そういう訳にはいかないでしょ」

「え?」

きょとんとしていると、弘光先生が鞄《かばん》をあたしに渡してきた。あたしが受け取ると、弘光先生はふいにジャケットを脱いで広げて、あたしの頭に被《かぶ》せてくれた。

「行きますよ」

そのまま、ちょっと強引に、あたしは弘光先生に肩を抱かれて彼の車まで一緒に走った。

どうしよう!? なに、このいきなりの密着度……!? こんなの、ときめかないわけないよ……っ。

なんで急に、こんな時に行動イケメンが顔を出すの!? こういう時、正しいことをいつも言う弘光先生なら、『傘を持ってこない方が悪い』とか言うんじゃないの……!? もしかして、あたしだからこんなことしてくれるの？　……ううん、簡単に期待しちゃダメだよ。生徒が雨に濡れないように計らってくれるくらい、普通にあるのかも……。

でも、肩を抱いてまで濡れないようにしてくれちゃうなんて、ときめかないわけがない。いつも冷たい弘光先生がこんなことしてくれてるんだから、なおのことだ。これは、単なる気まぐれ？　それとも……。ああ、わからない。

あたしは、弘光先生に対してだけは感覚が麻痺《まひ》して、平常な判断ができなくなってしまうのだ。

（先生の腕、あったかい）

それに、すごく大きくて、意外と筋肉も付いている。さっきからこういう良い方向のギャップばかりで、ずるいよ、弘光先生……。

（先生のジャケット、良い匂《にお》い!!）

香水……？　シャンプー……？　男の人の良い匂いなんて嗅《か》ぎ慣れてないから、ちっともわからないけど、なんだかお洒落《しゃれ》だ。

（好きになっちゃダメ、ダメ、ダメぇぇ！）

あたしの中の『失恋ストッパーあゆは』が、ぴょんぴょん飛び跳ねてあたしに注意してくる。このまま好きになってもまた振られて傷つくだけ。先生に恋したって、結果はわかりきってる。先生と生徒なんて、どうしようもないじゃない。なのに、なのに……。

(ダメだ……。あたし、弘光先生が……)

あたしの目は、完全ハートマークになって、弘光先生に釘付けになっていた。どんなに頑張っても、今のあたしにはもう、弘光先生から目を離すことができなかった。あたしたちを包む土砂降りの雨が、まるでピンク色のハート型の雫《しずく》に変わってあたしたち二人を包んでいるかのように、あたしの目には見えていた……。

7

あたし、弘光先生のことが……。

（……ス、キ……♡）

ちゃっかり弘光先生の愛車の助手席に乗せてもらって、あたしは家まで送ってもらうことになった。雨はあいかわらず酷《ひど》くて、窓の向こうがよく見えないくらいだった。道を歩いている人も、もうほとんどいない。でも、雨の中のドライブっていうのも、なんだか素敵だな……♡

弘光先生と二人きりのドライブデート（？）はあっという間に終わってしまって、ぎゅっとブレーキを踏んで弘光先生は車を停めた。助手席に座って弘光先生のジャケットに顔をうずめたまま、ひたすら弘光先生に見惚《みと》れていると、ふいに弘光先生がこう言った。

「……ここで、合ってます？」

「……」

「ここで合ってますか？」

「へ？」

心の中では完全に弘光先生と二人の世界に飛び立っていたので、一瞬なにを言われたのかわからない。しばらく固まって考えたあとで、あたしはハッと外を見た。気が付いたら、自宅前まで車で送られていたみたいだ。車を運転する弘光先生も超格好良くて、すごく名《な》残惜《ごりお》しい……けど、仕方ない。

あたしは、急いで元気モードに切り替えてこう言った。

「あー っ……、はいはい！　合ってますっ！　ありがとうございます！」

「じゃあ、また明日」

「また明日！」

「上着は置いてってくださいね？」

「うふふ、は〜い」

うっかり――ちゃっかり持って帰ろうとしていた弘光先生のジャケットを助手席に置いて、あたしは笑ってごまかしながら鞄《かばん》を傘に車を降りた。

「あー、うわあ、うおぉ……」

雨すごい！　……と思いつつも弘光先生の視線を意識して可愛《かわい》らしく走って、それから玄関の前で弘光先生にまたお辞儀《じぎ》をした。

それから、あたしはふと固まった。……ドアの鍵《かぎ》が開いてない。慌てて、鞄やポケットをまさぐる。……けど、目当てのものがどこにもない。

「……あ、あれ？　あれ、鍵……!?　……お、お母さん!?　お母さーん!?」

雨の中鞄をひっくり返すわけにもいかなくて、あたしはただひたすらにドアを叩いたり鞄やポケットに手を突っ込んで鍵を探した。でも、どこにも家の鍵がない。

すると、車の運転席で、弘光先生が呆《あき》れたように深くため息をついた。

「……」

運転席の弘光先生が、呆れ顔で車に戻ってくるように合図してくれて、あたしはそのまま、また弘光先生の愛車の助手席に座った。ザーッと降っている大雨に包まれたまま、弘光先生はまた車を街に走らせた。そして、この豪雨を避ける場所が他に見つからなくて、あたしは成り行きで弘光先生宅（一人暮らし）へとお邪魔することになってしまった。

嬉しい！　……とかの前に、急展開すぎて心がついていかない。ただただ、大混乱だ。

弘光先生に借りたタオルでびしょ濡れの長い髪を拭きながら、あたしはドキドキと弘光先生の部屋の中をきょろきょろ見まわした。

弘光先生の部屋は、二階建ての造りをしていて結構広くて、キッチンはちゃんと独立して付いているし、バスルームとトイレもわかれている。家具やカーテンは男らしくシンプルで飾りっ気がないけど、どことなく洗練されている気がする。そういえば、高校に着てくるスーツや眼鏡《めがね》もさり気なく格好良いし、弘光先生は結構センスがいいのかもしれない。

ふと目を上げると、二階部分に、普通に弘光先生が毎日寝ているらしきベッドが見えた。

いや、ベッド、とか……！　本人は寝ていないのに、ベッドを見ただけで鼻血を噴きそうになる。

（殿方《とのがた》の家に、嫁入り前の娘がっ……！）

不可抗力《ふかこうりょく》とはいえ、しょうがないとはいえ、この状況、心臓に悪すぎるっ。

どうしよう……！　このまま弘光先生がムラムラして襲ってきちゃって、よからぬ関係

になっちゃったら⁉

無駄な妄想にどぎまぎしていると、ふいに、部屋の棚《たな》に無造作《むぞうさ》に並べられた、たくさんのトロフィーや賞状が目に入ってきた。その近くには、山のような量の分厚い数学の学術書が並んでいる。どれも難しそうな内容で、中には外国語で書かれているものもあった。

不謹慎《ふきんしん》な妄想が頭から吹っ飛んで、あたしは目を丸くした。

「このトロフィー全部、先生がもらったんですか⁉」

「うん、まあ」

弘光先生は、全然得意になった様子もなく頷《うなず》いた。こんなにたくさん表彰されてるのに、なんとも思ってないみたいだ。あたしは、トロフィーや賞状の前に立ってまじまじと眺めた。トロフィーはすごく大きくて立派なものから、お洒落《しゃれ》なガラス製のものまでいろんな種類がある。賞状も、いろんな字体や装飾のものが次々目に飛び込んできた。とにかく、すごい数だ。

「わ、なんか英語のものある！」

あたしが感心して叫ぶと、弘光先生が肩をすくめた。

「フランス語ね。……留学してた時ですね」

「留学？　なにしに？」

「なにしにって……。数学、勉強しに」

「おぉ……、すっごいなぁ〜！」

そうつぶやいて棚を眺めていると、ふと、あたしはトロフィーの間に隠れるように置いてあるペンギンのキーホルダーを見つけた。

「あ、ペンギン！　可愛い〜」

「！」

なぜだか弘光先生が驚いているような気がしたけれど、特に止められなかったので、あたしはペンギンのキーホルダーを手に取ってみた。すると、手のひらに載る可愛らしいペンギンがこっちを向いた。なんだかファンシーだ。

「でもこれ、可愛すぎて先生っぽくな〜い」

どちらかというと、女の子の趣味って感じがする。少なくとも、大人の男が選ぶような代物《しろもの》じゃなさそうだ。弘光先生は眼鏡を取って、あたしの手の上を見ながらこう言った。

「それは、『さいもん』からの貰《もら》い物」

「サイモン？」

「幼馴染《おさななじみ》です」

弘光先生が眼鏡で指した先を見ると、そこには写真立てがあった。写真の中には、今より少し若い弘光先生と、ピタピタの赤Tシャツを着たガッチリ筋肉質な外国人マッチョマン含め、若者数名の男女が映っている。サイモンらしき外国人マッチョマンは、がっちり弘光先生の肩を抱いていた。

「ガチムチが、これを」

このガチムチ、絶対弘光先生に気があるな……！　このペンギンのキーホルダー、まさか不審な恋のおまじないとか、呪いとかがかけられてないよね!?

ジロジロと写真立てを見てると、弘光先生はあたしの手からそれを取り上げた。

「人の部屋を、勝手に漁《あさ》らないようにね」

どうしてなのか耳元でそう言って、そのまま弘光先生は、ペンギンを棚の元の位置に戻した。その体勢は、まさに後ろから抱きしめられているような状態だった。

な、なにこの状況!?　これ、絶対わざとだよね!?

（おっ、これは……っ。ほぼほぼ、バッグハグされてるのと同じでは!?　え、なに、このLOVE展開！）

このまま強引に振り向かされて、唇を奪われて、二人はそのまま……的な流れですかこれは!?　期待していいんですかこれは!?

どぎまぎとチュー顔を作るか迷っていると、あっさりと弘光先生は離れてしまった。ええ、なんで!? と思っていると、弘光先生はちっとも動じずにあたしにこう言った。

「……ほら、教科書開いて」

「へっ？」

「宿題やるって言いましたよね？」

急に展開が変わりすぎて、話についていけない。しゅくだいって、なんだっけ？？

……ああ、そうだった。迂闊《うかつ》にも、弘光先生から逃げるために嘘八百を言っちゃったんだった。

あたしは、頰《ほお》を膨《ふく》らませて目を潤ませた。

「うう……」

なんだ、急接近だと思ったのに、勘違いだったのか……。ＬＯＶＥ展開、一瞬で終了しましたよ……。

数学の教科書にズラリと並ぶ、外国語みたいな公式を前に、あたしはうんうん唸《うな》りながらフリーズしていた。何度も問題文を読んでいるんだけど、なにを問われているのかもわからない。だから、問題を解く取っかかりどころか、なにがわからないかもわからない。

弘光先生は、完全に手が止まっているあたしにこう言った。

「――ほら、さっき教えた数式ですよ」

「……さっき?」

「わからないなら、前のページを見る」

そう促されてペラペラとページを捲《めく》ってみると、弘光先生がペンで該当箇所《がいとうかしょ》をトントンと示してくれた。……けど、やっぱりサッパリわからない。これ以上弘光先生に失望されたくなくて、あたしは自分から予防線を張った。

「無理です！　あたしの頭、数学がわからないようにできてるっていうか」

「言い訳しない」

「無理に勉強しても、意味ないんじゃないですか」

口を尖らせてそう抗議してみると、弘光先生が無言でこちらを見つめてきた。

「……」

……弘光先生、許してくれないみたい……。

「ですよね、自分でやるって言いましたもんね！」

確かにそうなんだけど、ちょっとくらいフォローしてくれてもいいのに。

そう思いつつも、またあたしは難しい数学の問題に取り組んだ。弘光先生は、まるで教《きょう》鞭《べん》をとってる時みたいに、ペンで宙を指し示しながらこう言った。

「……数学はね、万能なんです。物理学、社会科学、コンピューター科学、あらゆる状況に対応可能な基本言語で、一度わかればどんどんどんどん世界が広がって……」

弘光先生がなにか言っていたけれど、あたしはその瞬間、それどころじゃなくなった。開始から三十分以上もかかったけど、やっと問題が解けたからだ。

「できたぁ!!!」

ほっとしたのと嬉しいのとで、あたしはついついはしゃいだ。すぐに隣に座っている弘光先生が、仕切り直すように咳払《せきばら》いをしてあたしのノートに手を伸ばす。

「……貸してください」

弘光先生が、真剣な顔であたしの解答を見ている。ドキドキしながら、あたしは弘光先生の整いまくった横顔を見つめた。

「……」

すると、すっと目を上げて、弘光先生はふっと笑った。

「ほら……、できたじゃん」

「え、合ってます!?」

「うん」

「あたし、すごくないですか!?」

「調子いいよね、さまるんは」

ちょっと呆《あき》れたように、弘光先生がそう突っ込んでくる。でも、そんな風に言われたって、嬉しいもんは嬉しい。

「あたし的にはもう数学革命ですよぉ！」

「はい」

「あ、先生、『よくできました』スタンプ押してください！」

「あれは学校です」

「ええええっ、ご褒美《ほうび》なしですか!?」

「ご褒美？」

「モチベあがるやつですよ！　イルカショーのイルカも、アジ的な小魚をもらうじゃないですかっ」

するとと、弘光先生は、面倒くさそうにこう言った。

「はい、はいはい」

そして、あたしの頭を、ぽんぽんと撫《な》でる。

「!?!?」

これ、頭ぽんぽん……⁉　いや、超適当だった気がしたけど、とにかく少女漫画王道のときめきシチュエーションの、頭ぽんぽんだよね⁉⁉

(これは……、恋愛フラグ立ったんじゃね？　……え、言っちゃう？　うん、告《こく》るなら今でしょ！)

むしろ弘光先生も告白煽《あお》りをしてるよね⁉　告白待ち⁉　教師の立場では言えないからあたしから来いってか⁉　わかりました！　佐丸あゆは、今行きますっ‼

あたしは、勇気りんりんで深呼吸して口を開いた。

「……先生、好《す》、好、好……」

――そこまで言った瞬間だった。

弘光先生があたしを見て、なぜか先手を取るようにこう言った。

「さまるんってさ……。もしかして、俺のこと好き？」

「⁉⁉⁉」

は……⁉　は⁉　は⁉

い、今なにが起こった⁉　告る前に悟られたんですけど⁉⁉

マジで⁉　なんで⁉

目を瞬いているうちに、どんどん頬が熱くなって、あたしはリンゴみたいに真っ赤になった。あたしの顔色と態度を見てすべてを察したのか、弘光先生はあっさりと頷《うなず》いた。

「ふーん……。やっぱり……、そうなんだ」

あ、あんた、いくらイケメンだからって、告られるのに慣れすぎでしょ……。

まさか、告白前に全部悟られちゃうなんてっ……。あたしの告白、結構ふい打ちだったと思うんだけどな。

そう思いながらも、弘光先生の気持ちが気になって、あたしはドキドキしたまま一生懸命にこう聞いた。

「なら、どっ……、どうするんですかっ？」

「どうもしませんよ」

弘光先生は、平然とただひと言そう答えた。あたしとは正反対に動揺《どうよう》ひとつしないで、立ち上がってあたしのそばを離れると、弘光先生はキッチンの方へと向かった。

「どうもしないでしょ……。俺、一応教師ですよ？　そうじゃなくたって、高校生なんてあり得ないでしょ」

一番キツい言葉で振られた気がして、あたしは無理に笑った。……笑うしかなかった。

「あはは……、そうですよねぇ〜……。あはははははは」

「コーヒーでも飲みます？」

そんな……、コーヒーって……。まさか、労《ねぎら》いのつもり？

ダメだ。そんなちょっと優しくされるのすら、今はすごく痛い。心が痛い。

気が付けば、とっくに笑顔なんて保っていられなくなって、あたしは号泣しながら弘光先生を見つめた。声が震えたけど、聞かずにはいられなかった。だから。

「じゃあ、なんで、好きかなんて聞くんですか？」

振り返った弘光先生は、驚いたようにあたしの号泣顔を見た。

「!?」

ダバダバ涙が出たけど、ちっとも我慢なんてできなかった。女子力限りなくゼロに近い汚い泣き顔で、あたしは弘光先生にこう叫んだ。

「……なんであたし、告らせてももらえず、振られなきゃならないんですかぁ!?　うわーん!!」

捨て台詞《ぜりふ》みたいに弘光先生にそう言ってから、あたしは玄関の方へと走った。

（人生オワタッ！）

このまま樹海へレッツゴーだ！　さよならアオちん、さよなら虎竹、さよなら家族！

止めないで!!　パニックのままとにかく現実《ひろみつせんせい》から逃げようと、急いで靴《くつ》を履《は》いてドアノブを摑《つか》むと、その手を弘光先生の手が覆った。

「出てくなら、傘持ってってください」

「振っといて優しくしないでください!!!」

「風邪《かぜ》でも引かれたら困りますから、ほら」

そう言って、弘光先生は玄関の傘立てから傘を一本取り出した。傘なんかにかまう余裕は全然なくて、あたしは思わず叫んだ。

「優しくされると……、もっと好きになっちゃうじゃないですか！」

「……」

あたしは、黙り込んだ弘光先生の顔をにらみつけた。弘光先生は、『ザ・困った大人』って感じの顔をしている。……でも、振られるにしても、あたしが見せて欲しいのは弘光先生のこんな顔じゃない。

少し息を吐いてから、弘光先生は、これまでのイケメン人生でさんざん吐いてきたであろう断り文句を口にし始めた。

「……あー、……りがとうね。俺なんかを好きになってくれて。けどね」

でもそれは、やっぱり『大人』の『先生』の顔で、ひたすら面倒くさそうな表情をしている。

それって、なによ⁉ いつも言ってる断り文句をこれから言うから納得しろよ的な⁉

テンプレ様式美な振り方するけどこれで諦めてね的な⁉ 悪いけど、弘光先生、あたしのことを舐《な》めすぎっ!! あたしは、その弘光先生の表情に、だんだん腹が立ってきた。

あたしは、すぐにケンカを売るみたいに弘光先生にこう言った。

「あたしが、バカだからですかっ？」

「さまるん？」

「おっぱいちっちゃいからですかっ？」

「あのねぇ」

「じゃあ、頭よくなって綺麗《きれい》になって巨乳になりますっ！」

「だから」

「先生のタイプの女になりますっ！」

ちゃんと弘光先生の恋愛対象の範疇《はんちゅう》に入って、弘光先生に生徒じゃなくて女として見てもらって、その上で振られるならまだ納得できる。……でも、完全に恋愛対象外にカテゴライズされてる今、大人モードな弘光先生に諭《さと》されるみたいに振られたって、ちっとも納得なんてできないよ！

あたしは、にらむみたいに強くまっすぐに弘光先生を見つめた。

「だから、そういう問題じゃくて」

わからず屋なあたしの反応に、ちょっと弘光先生は苛立《いらだ》ってるみたいだった。でも、弘光先生に、圏外の高校生って思われたまま、終わりたくないっ！

「絶対、絶対……、先生を落としてみせますから！　乞《こ》うご期待ですっ!!」

あたしが挑むみたいに弘光先生の高い鼻先を指さしてそう宣戦布告すると、弘光先生は、しばらくの間黙っていた。

それから、やがて、すっとあたしの指先を避けて、弘光先生はこう言った。

「……ふ～ん。まったくそそられないけど、いいですよ」

え……!?　なに、どういうこと!?

ちょっとは脈アリってことなのかなと思っていると、ちょっと意地悪な表情で綺麗な顔をあたしにぐっと近づけてきて、弘光先生はこう続けた。

「……俺を落としてみなよ」

「！」

「絶対に落ちませんから」

ふっと小さく笑って、弘光先生はあたしにそう言った。

……やっぱり弘光先生は、クールすぎて難攻不落で俺様越えのキャラをしてる、とんでもない教師だ。

でも……、絶対、負けないっ!! あたし、ちゃんと長く片想いをするのは初めてだけど（いつも好きになったら即告って撃沈してきたから）、今度ばかりは本当の本気だ。弘光先生を、落としてみせるんだ!!

8

弘光先生の部屋を出ると、外はもうすっかり雨が上がっていた。
あたしは、家に帰る前にまずコンビニにダッシュで立ち寄った。
弘光先生を落とすために、まず有名女性向け雑誌を頼ることにしたのだ。バーンと表紙に大きく出ている大人の女性向け雑誌の特集の煽《あお》り文句は、『年上はこう落とせ！　三十の誘惑方法』だった。即刻レジに走って、あたしはその雑誌を隅から隅まで見落とさないように舐めまわすように読み倒した。

雑誌に載っている即実戦可能そうな恋愛テクを必死に頭に叩き込みながら、あたしはニヤニヤとほくそ笑んだ。

（諦めさせるつもりだったのかもしれないけど、甘いですよ。先生）

あたしは、いつも持ち歩いている《ＬＯＶＥ♡ノート》を広げた。そこにはデカデカと、《センセイぞっこん大作戦》の文字が書かれていた。さっき、あたしが一文字入魂で気合いを込めて書いたものだ。

（告ったら試合終了だった今までの恋に比べたら……、大股《おおまた》で一歩前進です！）

なんたって、弘光先生本人から片想い続行許可が出たからね！　これはもう……、『落としてくれよ♡　さまるん』の振りでしょう！

「よっし！」

気合いを入れて立ち上がると、あたしは鏡の前に向かった。そこには、近所のドラッグストアを駆けまわったり友達に借りたりした化粧品《けしょうひん》の数々が並んでいた。

とにかくまずは大人の女に変身して、弘光先生に『さまるんも女なんだ』って認識させなくては!!

あたしは、駐車場の弘光先生の車の前で彼が降りてくるのをドキドキしながら待った。

……片想いっていうか、軽くストーカーみたいな行動だな、これ。

まあとにかく、今日のあたしは完璧《かんぺき》に大人っぽくて、とっても高校生には見えない!!

……はず。宝塚《たからづか》ばりのバッチリメイクを決めて、アイシャドウはバシバシ光ってるしノーズシャドウで鼻筋高々！　さらには大量の胸パットで盛りに盛った偽装巨乳もばっちり揺れてるし、今日のあたしは完全に大人の女だわ……！

腰を振ったり胸を揺らしたりしながら待っていると、あたしのヒーロー弘光先生が、さっとあたしの前に現れた。わくわくしつつ、谷間を強調するようなポーズを取って、あたしは弘光先生を見つめた──。

「おはようございまぁすぅ♡」

「……言っとくけど全方向に間違ってるから」

呆《あき》れたような目であたしを見て、弘光先生がそう言った。

「……え!?!?」

けれど、弘光先生はそれ以上なにも言わずに、そのまま去っていってしまった。

……そうか。なにがダメって、全部ダメなのか。それが、全方向に間違ってるということか。ガックリとして、あたしはその場にへなへなと座り込んだ。

中庭にある噴水前のベンチにぐったりと仰向《あおむ》けに寝転がって、あたしはこうつぶやいた。

「全方向に間違えたぁ〜」

キツい濃いメイクですっかり疲れた目元に、大量に持っている偽装胸パットをアイマスクにして当ててある。明日、腫《は》れないといいけど。慣れないことするもんじゃないなぁ。

するといつの間にか向かいに座っていた虎竹が、呆れたようにあたしの顔を見た。

「またおかしなことやってんな」

なによ、わざわざ嫌味を言いに来たの？　……いや、違うか。虎竹はそういう奴じゃない。呆れながらも、あたしを心配してくれてるんだ。虎竹は、昔からそういう奴だった。

虎竹は、こう見えて何度か彼女ができたこともある。悔《くや》しいけれど恋愛経験的にはあたしの一歩先を行く虎竹に、あたしは素直にこう聞いてみることにした。

「……虎竹はさぁ、片想いしたことある？」

胸パットを目から取ってそう聞いてみると、虎竹は、ちょっと戸惑ったようにこう言った。

「え……!?　そりゃあ……、まあ」

虎竹は、一瞬詰まったあとで、どこか驚きながらこう答えた。なんだか反応が具体的な気がして、あたしは顔を上げた。もしかしたら、いいアドバイスがもらえるかもしれない。

「ねえ、その時ってさ、どうやってアピったりするの？」

「うーん……。アピールっつぅか、相手を喜ばせようとするかな」

「え」

「好きな人が喜んでたら、単純に嬉しいだろ？」

そ、それか!!　その手があったか!!

あたしは、急に目が開いた気がして、あたしは立ち上がって虎竹に詰め寄った。

「……天才か？」

「あ？」

驚いている虎竹に、あたしは胸パットの残りを押し付けてプレゼントすることにした。

「これ、お礼です！」

「いらねぇよバカ！」

虎竹はなんでだか赤くなって照れて、大声でそう否定した。まあそう遠慮《えんりょ》すんなって、あたしもいらないいんだ。

虎竹の態度がちょっとだけいつもと違うことには気付かないで、あたしはスキップしながらその場を立ち去った。

(先生が喜ぶこと喜ぶこと……)

いったい、なんだろう? 弘光先生って、足りないものがなにもないってくらいに全部揃《そろ》ってる完璧超人に見えるから、難しいな……。あたしだったら、足りないことばっかりだから、弘光先生になにしてもらったってすごく嬉しいんだけど。

授業開始のチャイムが鳴って、弘光先生がクラスに入ってきた。数学の教科書のページをペラペラと捲《めく》って、弘光先生が、ふとこうつぶやいた。

「はい、じゃあ授業を始めます。えー……、今日は」

っ!!

これは、チャンス!?

慌てて立ち上がって、あたしは教卓の弘光先生の前まで出ていって、教科書を開いてクラス中にアピールした。

「三十五ページ、問二からです!」

よっし! まずは一ポイント稼《かせ》いだかな!?

クラスメイトたちがざわつきながらもくすくす笑ってる中を、あたしは指さしながら歩いてまわって席に着いた。

「みんな！　三十五ページの問二だから！　早く開いて！　先生、困ってるでしょ!?　問二だよっ」

「はい。ということで、三十五ページ問二からです。教科書開いてください」

「はいっっ!!」

誰よりも大きな声で返事をして、あたしは教科書を開いた。

弘光先生がタイムロスなく授業を始められたのを見て、あたしは教科書の裏でニヤニヤとほくそ笑んだ。

《センセイを喜ばせる作戦》、どうやら幸先《さいさき》がいいみたい。この調子で、もっともっと弘光先生を喜ばせよう!!　あたしは調子に乗って、授業のあとも弘光先生を喜ばせるチャンスがないかを見張って、ちょろちょろと先生の尾行をすることにした。

男子トイレまでついていってこっそり待っていると、弘光先生が用を足して出てきた。

今だっ！　あたしは、赤いカップの中に大事にしまっておいた清潔に洗ってある輝くような純白ホットおしぼりを弘光先生に差し出した。

「どうぞ！」

「……」

「はいどうぞー!!」

一瞬スルーされかけたのを強引に居酒屋店員かのような爽《さわ》やかさでおしぼりを差し出し直すと、ようやく弘光先生がおしぼりを受け取ってくれた。去っていく弘光先生の後ろ姿を、あたしはいい笑顔で見送った。

それに、単純に好きな人を喜ばせるのが嬉しくなりつつもあった。虎竹ってば、めずらしくすごくいいアドバイスしてくれたじゃん！

その日の放課後、あたしは授業が終わったあとも校内に残っていた。わざわざ制服の上につなぎを着て、弘光先生の愛車をピカピカに磨《みが》くために。といっても、洗車なんかしたことなくて、スマホで逐一《ちくいち》せっせと調べながらだから、すっごく時間がかかってしまった。

太陽が沈みかけた頃になって、泡《あわ》まみれの弘光先生の愛車がようやく満足のいく仕上がりになったところで、弘光先生が現れた。

あたしは、嬉しくなって笑顔で大きな声を上げた。

「あ、先生！　ピッカピカに洗っておきやしたっ！」

あたしが敬礼ポーズを取ると、泡を手で払って無言で弘光先生があたしを見た。泡が邪魔ってことかな!?　笑顔で頷いて、あたしはボンネットの泡をゴム手袋をした手で払った。

ガソリンスタンド店員よろしく笑顔で手を振ると、ワイパーでフロントガラスの泡を払った弘光先生と目が合った。弘光先生ったら、無表情だけど大喜びなんじゃないの!?

これは、ポイント高いっしょ！　車の汚れが付いて黒ずんでいる鼻の頭を、あたしは得意になって指で擦《こす》った。


そんな日々が、しばらく続いた。

あたしは、その日の数学の授業のために、山のような量の教材をふんだくるように弘光先生から奪い取って運んでいた。

「だから自分で持てるって言ってるでしょ」

呆《あき》れたように、弘光先生があたしの隣で言う。あたしは、大汗をかきながらもとびきりの笑顔でこう答えた。

「いいんです！　お手伝いしたいんですっ！」

「あのさぁ、そんな無理して……。素の自分を好きになってもらわなきゃ、仕方なくないですか？」

最近のあたしの頑張りに対して思うところがあったのか、弘光先生が肩をすくめてそう言った。あたしは、ついつい唇を尖らせてこう答えた。

「素の自分でアピールなら、一度いたしましたが？」

そういえば、とばかりに、弘光先生が納得したように頷いた。って、もうあたしを振ったことを忘れちゃってるのかい！　……でも、まあいいか。何度でも、最初からアピールしてやるんだから。あたしの『好き』を甘く見たこと、後悔《こうかい》させてみせる！

そう思って、あたしは、弘光先生に力強くこう答えた。

「それに、最大限良く見せたあたしを好きになってもらえるなら、一生この状態をキープしてみせますよ！　はい、行きましょっ！」

その宣言をちゃんと実行している姿を見てもらおうと、『よしっ！』と気合いを入れてあたしは弘光先生を置いてズンズンと先を進んでいった。そんなあたしを、弘光先生はただ無言で見つめていた。

「……」

《センセイを喜ばせる作戦》の経過を書き連ねた《LOVE♡ノート》を広げて、あたしはうんうん唸《うな》った。

（んんん、ダメだ。今のところ、先生喜ばせられてる感ゼロ）

この作戦、幸先はいい感じがしたんだけど、最近はちょっとあたしの自己満足に陥《おちい》っているような……？

（むしろ若干《じゃっかん》引かれてるし）

おかしいな。この作戦で、弘光先生の氷の心がだんだん溶けて、あたしへの愛に目覚めて、あわよくば高校生活中に婚約及び結婚の運びになる予定だったんだけど……。

顔をしかめて悩みこんでいると、ふと、始まったばかりのホームルームで、あたしたち生徒に向かって弘光先生がこう切り出した。

「えー……。芸術祭の催《もよお》しとして、この学年はクラス対抗合唱コンクールを行うことになりました」

「「……えええ!?」」

あまりに面倒くさそうな芸術祭の内容に、クラス中から不満の声が次々に沸き上がった。

芸術祭っていうのは、他校で言うところの文化祭みたいなものだ。だけど、高校生にもなって合唱コンクールはキツい。あたしもみんなの気持ちがわかるので、複雑な思いで弘光先生を見つめた。

合唱コンクールをするなんて、さすがに弘光先生が決めたわけじゃないだろうから、クラスを取り仕切る弘光先生だって大変なはずだ。

けれど、弘光先生はあいかわらず、あたしたち生徒に共感するでもなく、面倒くさがるでもなく、淡々と目の前のやらなければならないことをこなしていた。

「で、実行委員を選ばなきゃならないのですが、誰か立候補してくれる人、いませんか？」

弘光先生が教室を見渡すと、次々とみんなが断っていった。

「サッカー部、試合前なんで」

クラスメイトのサッカー部所属の男子が、首を振って先手を取るようにそう言った。サッカー部の試合なんて、しばらく先までなかった気がするけど。

「特になんもないけど、めんど～い」

「同じ～く」

そう言ったのは、詩乃と夏穂だ。二人とも、正直だな。ある意味、部活を言い訳にする奴よりはマシなのか？

当然のごとく誰も立候補者がいなくて、弘光先生は肩をすくめてため息をついた。

「うーん……。困りましたね」

「!?」

ん、待って！

今、弘光先生、『困った』って言った!?　合唱コンクールなんか面倒くさいとばかり思ってたけど、もしかしてこれ、《センセイを喜ばせる作戦》の大チャンスじゃないの!?

「じゃあ、ここは公平にくじ引きということに」

あくまで事務的にそう言った弘光先生に、あたしは急いで手を挙げた。

「やります！」

こんな時こそ、あたしですよ!!　弘光先生!!

あたしは、力いっぱいのアピールで熱意を瞳に込めて、弘光先生を見つめた。あなたが困った時には、いつでもあたしがそばにいますよ!!　だから——。

「実行委員やります、あたしと虎竹で!!!」

そう叫んで、あたしは立ち上がって後ろの席に座っている虎竹の手を強引に摑《つか》んで挙げさせた。

「は!?」

虎竹が抗議するようにあたしを見てるけど、あたしはそれをスルーした。どうせ誰かがやらなきゃいけないんだし、幼馴染《おさななじみ》のよしみで引き受けなさいよ。内申点もよくなるだろうし、メリットだっていっぱいだよ!?

するとそれまでずっと黙って席に座っていたアオちんが、ニヤニヤしながら虎竹にこう言った。

「どんまいで～す」

それに続いて、実行委員を面倒がってるクラスメイトたちから、一気に拍手が起きた。

無事に実行委員が二名決まってよかったと思ってくれたのかどうか、弘光先生がホームルームを締めた。

「……じゃあ、よろしくお願いします」

「先生、嬉しいですか!?」

弘光先生が職員室に戻ってしまう前に、席から立ち上がったまま、あたしは急いで弘光先生にそう聞いた。

すると、弘光先生は、少し考えたあとでこう言った。

「まあ……。ホームルーム、早く終わったし」

え、マジで!? やった! 弘光先生、嬉しかったって!!

あのクールすぎる弘光先生が！　俺様越えのキャラした難攻不落な弘光先生が!!

「……いよっしゃぁ～!!」

あたしは、小さくガッツポーズをして喜んだ。

（こうして、あたしは先生を喜ばせまくって……）

毎日嬉しい出来事だらけの弘光先生に、やっとのことであたしの真心が届いて……。

あたしの頭の中で、弘光先生が見せたことのない甘い笑顔になった。そして、教壇《きょうだん》から降りて、こちらに向かってきて――弘光先生は、指先であたしの顎《あご》をクイッと持ち上げた。これが噂《うわさ》の、少女漫画の憧れシチュエーションの『顎クイ』なのね!!

「ほーんと、喜ばせ上手」

耳元で、弘光先生が甘くそうささやく。もうあたしの頭の中は、弘光先生とのラブラブなハートマークでいっぱいだった。

（見事、先生の愛を手に入れたのでした！　めでたしめでたし！　テヘ♡）

これにて感動の恋愛巨編、無事ハッピーエンド♡

……なぁーんちゃって。

そんなことを思っているうちに、すでに弘光先生は教室からいなくなっていて、代わりに残っている虎竹があたしに突っ込みのチョップを食らわせてきた。

「てや!!」

「ふぎゃ!?」

パチンと妄想が弾け飛んで、あたしは現実に引き戻された。虎竹が、呆《あき》れたような顔であたしを見ている。

「今、絶対しようもないこと考えてただろ!?」

虎竹にそう言われて、あたしは慌ててぶるぶると首を振った。

「全然！　めっちゃ合唱のこと考えてたしぃ！」

「へー？」

「合唱の曲、良いやつ見つけるぞぉ～！　おー！」

合唱コンクールを無事に大成功させて、弘光先生を大喜びさせてあげるんだ！　あたしは目いっぱい気合いを入れて、合唱コンクール下準備のためのリサーチを始めた。

9

翌日──。

ひと晩悩み抜いて練《ね》りに練ったあたしの合唱コンクールの企画書と楽譜は、一瞬にして弘光先生によってダメ出しされた。

「却下《きやつか》」

「ガーン!?」

ショックを受けて固まっていると、隣で虎竹がため息をついた。

「だからないって、言っただろ?」

冷めた目であたしの書いた何十ページにも渡る企画書セットをデスクに置いて、弘光先生も虎竹に頷《うなず》いた。

「『ドラゲナイ』って、なに?」

なんだ、弘光先生ってば知らなかったんだ。……って、実はあたしも昨日までは知らなかったんだけど。

「ロマンティック歌劇『ドラゲナイ』です! アオちん一推しのアニメで、中でも推しは主役のドラゴンナイト様っ……」

「こんなテンポの曲、合唱向きじゃない」

あっさりと弘光先生に理由と一緒にドラゲナイの楽譜を切り捨てられて、あたしはガックリと項垂《うなだ》れた。虎竹の方は、楽譜を見ただけでどんな曲かまで理解してしまった弘光先生に驚いたのか、意外そうな声でこう言った。

「先生、楽譜読めんですね」

「ピアノ……。昔、サイモンと習ってたから」

弘光先生の返事に、あたしはハッと合点《がてん》がいった。その名前なら知ってる。弘光先生の一人暮らしの部屋で写真を見た。

「出た、ガチムチっ！」

　虎竹も、感心したように弘光先生を見ている。

「先生がピアノとか……。なんか、意外です」

　けれど、弘光先生は意外な特技とは思っていないようで、肩をすくめてこう言った。

「いや、どこが？　数学と音楽は似てるじゃないですか？」

「ん？」

　弘光先生の言っている意味がわからなくて、あたしはきょとんと首を傾《かし》げた。弘光先生は、めずらしく面倒くさがらずにこう教えてくれた。

「ほら、スコアを読むのと数式を読み解くのが……」

　弘光先生は、楽譜と黒板に書かれた数式を交互に指さしてそう言った。けれど、あいかわらず弘光先生の話は難しくて、あたしにはあまりピンと来なかった。

「「？？」」

　あたしと虎竹が顔を見合わせて首を傾げていると、あたしたちのあまりの理解度の低さにちょっと呆れながらも、弘光先生は数学の授業を教える時みたいに丁寧《ていねい》に話し始めてくれた。

「音符や記号は、美しい音楽を正確に導き出すための数式のようなもので、数学も音楽も、非常に論理的に構築されている。ほら……、指揮者のアンセルメだって、ローザンヌ大で数学の教授をしてて」

なるほどなるほど。……って、全然弘光先生の話にはついていけてないけど、あんまり頭の良くないあたしにもひとつだけわかることがあった。

「先生って、本当数学好きなんですね！」

「はい？」

話の腰を折られたことに驚いたのかどうか、眼鏡《めがね》の向こうの目を見開いて、弘光先生があたしを見ている。あたしは、弘光先生についての新しい発見に嬉しくなりながら、こう言った。

「だって、さっきからすごく楽しそうだから」

「……」

どうしてだか、ふいを衝《つ》かれたように、弘光先生はあたしから目を逸《そ》らして眼鏡を直した。その表情が、なぜだか昔を思い出しているように見えて、困っているというよりどこか悲しそうな気がした。あたしは、不思議に思って首を傾げた。あたし、そんなに変なことを言ってないよね……？　なら、気のせいなのかな。でも、気になる……。弘光先生は、今、いったいどんなことを考えているんだろう？

弘光先生の表情が少し胸に引っかかりながらも、弘光先生の新しい一面を知ることができたことは素直に嬉しかった。

とにかく、あとで《ＬＯＶＥ♡ノート》にまとめようと、今知った弘光先生情報を整理するようにあたしはこう言った。

「数学っぽいから音楽も好きなんだ」

どこか複雑な表情をしている弘光先生は、あたしの言葉にこう答えた。

「……うん、まあね」

「へえ、いい話聞いた〜！　なんかあたし、合唱、もっともっと頑張れそうです！」

「はい。じゃあ、やり直し」

「はいっ！　良い曲見つけてきますっ！　失礼しましたー！」

弘光先生が好きな数学だから、苦手教科だしちっともわからない問題ばっかりだけど、最近は数学を頑張れてる。音楽だって、はっきり言ってあんまり興味なんかなかったけど、弘光先生が好きなことならきっと頑張れる。

合唱コンクール、張り切らなくちゃ！

数学準備室から虎竹と一緒に出てから、あたしは大喜びで飛び上がった。

「先生を喜ばせたら、先生の新情報が聞けた！　虎竹のおかげで、めっちゃ得した！」

「まあ俺は損しかしてねぇけどな」

「この調子でどんどん先生喜ばすぞぉ！　イエイ！」

じっとしてられなくて、あたしはぼやいている虎竹を置いて階段を駆け上った。合唱コンクールを成功させるためにも、早くクラスで歌う曲目を決めなくちゃ。

「……」

いつも通り呆《あき》れたようにため息をつきながら、虎竹があたしを見つめていた。

＊＊＊

翌日――。
放課後になってから、合唱コンクールの曲目選びのために、弘光は校内にある図書館に寄っていた。この高校の図書室は、独立した別館に入っていて、なかなかの規模がある。勉強に集中できるようにというコンセプトのもと設計されたこの図書室は、飾りっ気はないが、その分蔵書の豊富さで有名なのだ。本館のあゆはたちが学ぶ教室同様にガラス張りの窓から溢《あふ》れるような光が無数にある本棚《ほんだな》を照らし、たくさんの生徒が集まって勉強をしていた。

実は、弘光は、数学準備室にあゆはたちが押しかけてきたあのあとも、合唱コンクールの実行委員に立候補したあゆはのことが気になっていたのだ。自分でも不思議だったが、それでも教師としての職務を果たすためだと自分に言い聞かせ、弘光は合唱コンクールに向いた曲目探しをしていた。

合唱に関する本が並んだ棚を眺めていると、ふと、どこかから声がかかった。

「熱心に曲探しっスか」

「？」

首を傾げて顔を上げた弘光の前に、本棚の向こうから虎竹の姿が現れた。虎竹は弘光を見つめて、静かにこう言った。

「そんなに先生っぽいキャラでしたっけ」

「キャラ？　俺、先生ですから」

「……」

黙り込んだ虎竹を見つめて肩をすくめ、弘光は今読んでいた合唱に関する本を差し出した。

「これも持っていきます？」

少しでも、二人の——あゆはの役に立つといい。弘光は、無意識にそう思っていた。しかし、虎竹は弘光の差し出した本は受け取らず、図書室から出ていってしまった。

一人残った弘光は、手にした合唱に関する本をパラパラと捲《めく》り始めた。

＊＊＊

その日の放課後、あたしは音楽室にこもって、全力で発声練習をしていた。

「は・へ・ひ・ふ・へ・ほ・は・ほ！　ま・め・み・む・め・も・ま・も……」

曲目が決まらないと、全体練習も個人のパート練習もできない。だから、ひたすら発声練習ってわけ。あたしだけでも練習しておかないと、いざ合唱の練習が始まってもクラスのみんなを引っ張れないし。

うちの高校は芸術鑑賞にも力を入れていて、だから合唱コンクールなんてやっちゃったりするんだけど、おかげで音楽室もとても立派だった。音楽室の一番前には大きなクラシック用のピアノが置かれていて、部屋全体も音響をしっかり意識して造られているせいもあってか、声の響きがとてもよく感じる。合唱や合奏練習以上に音楽鑑賞に向いていそうな雰囲気《ふんいき》で、ちょっとしたコンサートにも使えそうだ。特に存在感のあるグランドピアノもピカピカに磨《みが》かれていて、試しに以前ちょっと鍵盤《けんばん》を叩いてみた時には、あたしでもわかるような本格的な音が強く深く響いた。

するとふいに音楽室に入ってきた虎竹が、あたしに声をかけてきた。

「まだ帰らねぇの？」

「も・う・す・こ・し・や・る・よ」

発声練習を引きずりながらそう答えると、虎竹は大きくため息をついた。

「てか練習前に、まずは曲選びだろ？　ほら」

虎竹が、どっさりと楽譜が山のように載った本をあたしに預けてきた。受け取りながら、あたしは答えた。

「そ・う・だ・ね・た・し・か・に」

「……あの腐女子《ふじょし》、さっさと帰りやがって」

「し・か・た・な・い・よ」

「その喋《しゃべ》り方、やめろ」

なにか気になることでもあったのか、少しだけ不機嫌そうに虎竹がそう言った。肩をすくめて、あたしはこう答えた。

「仕方ないよ。アオちん、今日デートだもん」

アオちんは、小さい頃からの幼馴染《おさななじみ》で付き合いの長い彼氏がいるのだ。もうラブラブ期はとっくに過ぎて熟年夫婦みたいな雰囲気らしいんだけど、それがまた羨《うらや》ましい。二人は、結婚間違いなしって感じだ。

「あいつ、本当そういうところちゃっかりしてるよな」

そう言いながら、虎竹は音楽室の前にあるホワイトボードの方へと向かっていった。ホワイトボードには、合唱コンクール本番までの段取りが書いてある。本の山をピアノの上に置いて、あたしは独り言《ひとごと》みたいにうっとりとこうつぶやいた。

「アオちんね、芸術祭も彼氏さんと一緒にまわるんだって……。いいよねぇ」

高校の行事を彼氏と一緒にすごすなんて、あたしにとっては夢のまた夢だけど、心の底からの憧れでもある。こんなに簡単にこの夢を実現できちゃう人もいれば、あたしみたいに、頑張っても頑張っても手に入れることのできない奴もいる。現実は厳しいけど、せっかく今は好きな人がいるんだもん。とにかく頑張るだけだ。

するとホワイトボードを眺めていた虎竹がふと振り返って、あたしにこう言った。

「……あのさ」

「ん？」

「まわる奴いなかったらさ……。一緒に、まわる？」

へ？　急に虎竹に誘われて、あたしはきょとんと首を傾《かし》げた。

あ、そっか。虎竹は、きっとあたしをまた可哀想《かわいそう》に思ってくれてるんだな。我が幼馴染ながら、本当にいい奴だ。なんだかんだ文句は言いながらも、誰もやりたがらなかった合唱コンクールの実行委員も一緒にやってくれてるし、クラスのみんなもきっと、あたしはともかく虎竹には感謝しているよ。

あたしは、虎竹の顔を見て、素直に頭を下げた。

「……ありがとう！」

「！」

驚いたように、虎竹があたしの顔を見ている。あたしは、元気な笑顔を作って茶化して虎竹のところへと駆け寄った。

「彼氏なしのあたしに同情してくれるなんて……。あんた、幼馴染の鑑《かがみ》やで」

あたしがクラスを代表した気になってそう褒《ほ》めると、なぜだか虎竹は複雑そうな表情になって頷《うなず》いた。

「……おう」

少しだけなにか言おうとしたけど、途中でやめて、虎竹は頷いた。ちょっと首を傾げたけどよくわからなかったので、あたしはまた、一人で張り切って発声練習を続けた。

＊＊＊

その頃、弘光はまた図書館で合唱曲をたくさん載せている本を眺めていた。ふと裏表紙にある貸し出し記録カードを見てみると、目立つように太く濃いピンク色のマジックで、『佐丸あゆは』の名前があった。何冊か取り出しておいた本も確認すると、まったく同じようにあゆはの名前がある。

あゆはの一生懸命な行動に驚いて、どこかの青春映画みたいだなと思って、弘光は肩をすくめた。あゆはは、弘光の考えている以上に猪突猛進《ちょとつもうしん》で――まっすぐだった。

どうしてこんなにも簡単に、好きなものに向かって飛び込んでいけるんだろうか。振られて否定されて挫折《ざせつ》して傷つくことが怖くないんだろうか……。

そう思った弘光の脳裏《のうり》に、あゆはの言葉が浮かんだ。

『好きなのに動かなかったら、絶対後悔《こうかい》する！　傷つくより、そっちのが嫌です！』

まっすぐに弘光を見て、あゆははハッキリとそう言った。

後悔、か……。弘光は、貸し出しカードにあるあゆはの名前を眺めながら、しばらく物思いに耽《ふけ》った。

10

それから毎日、放課後になるとクラス合唱に向いている本をペラペラとめくりながら眺めて、あたしは音楽室にこもっていた。でも、なかなか名案も浮かばなくて、一人で唸《うな》るばっかりだ。

「……んんん」

ハッキリ言って、うちのクラスのみんながすぐに真剣に合唱の練習を始めるとは思えない。やっぱり、選曲が大事だ。みんながノリよく歌えて、そこまで難しくなくて、練習していて楽しく思えるような曲となると……。

もしかして、ド定番の合唱曲とか、クラシックとかじゃない方がいいのかな？　また頭を悩ませていると、ふと、音楽室の前を通りかかったクラスメイトの詩乃がこう声をかけてきた。

「え、さまるんマジでやってんだけど」

「嘘ぉ！」

夏穂も一緒になって詩乃と音楽室に入ってきて、びっくりしたように笑った。

「張り切ってて、ワラなんだけど」

クラスでも目立つタイプの詩乃と夏穂が通りかかってくれて、あたしは二人にこう聞いた。

「ちょうどよかった！　ねぇ、やりたい曲とかってある？」

「いや、もうやめちゃいなってー」

冗談で茶化されたんだと思って、あたしは笑いながらこう言った。

「あはは、けど、やるって決めたから」

「先生に冷たくされてムカつかないの？」

「あー……」

夏穂が詰め寄ってきて、あたしはちょっと考えた。確かに、弘光先生にグサグサやられたことは一度や二度じゃないし、最初はやっぱり腹が立った。でも、今はそんなことはない。弘光先生のこと、ただの冷たい先生じゃないって知ることができたから。

けれど、そう思っていると——。

「ぎゃふんと言わせた方がいいと思うんだよね」

「え？　ぎゃふん？？」

「すでに上がってんだわ。あいつの授業ボイコットする話」

夏穂が、急に意地悪い顔になってそう言った。冗談や笑い話じゃなくてそう言っているんだとだんだんわかってきて、あたしは思わず、まじまじと夏穂と詩乃の顔を見つめた。

「え……、なんで？」

「やりたくなかったらやらなくていいって、あいつが言ってたし」

あんまり深く考えてなさそうな調子で、夏穂はそう言った。あたしは、いつの間にか真剣になって夏穂にこう聞いた。

「なんで、そんなことすんの？」

「なんでって」

夏穂が、詩乃と顔を見合わせる。詩乃は、わかり切ってるとばかりに首を振ってこう言った。

「だってあいつ、生徒のこと考えてなさすぎじゃん」

「考えてるよ！」

あたしが詩乃の話を遮《さえぎ》ってそう声を上げると、二人はびっくりしたようにこちらを見た。

「「えっ⁉」」

待ってよ。伝わりにくいだけで、弘光先生はちゃんとした先生だよ。そこら辺の当たり障《さわ》りないことしか言わない先生たちより、ずっと真剣にあたしたちに向き合ってくれてる。

「先生、ノートすっごく丁寧《ていねい》に見てたよっ⁉」

あたしがそう詰め寄ると、詩乃と夏穂は急いで後ろに引いていった。

「「こ、こわこわこわ……！」」

かまわずに、あたしは続けた。

「わからないこと、丁寧に考えてくれたよ‼」

「さ、さまるん？」

「先生は不器用だけど、すっごくすっごくすっごく優しいよ！」

「え、いや、落ち着いて」

「うんうん」

あたしの勢いに引いているのか、夏穂と詩乃は苦笑して目配せをし合っている。

あたしは、弘光先生に感謝してるってだけなんだ。あたしは――弘光先生がいるから、こんなに合唱コンクールに一生懸命になれてるんだもん。今まで、恋愛にしか一生懸命になれたことがなかったのに、これはあたしにとっては大きな一歩だ。こんな風に自分が頑張れる人間だってこと、あたしは自分でも今まで知らなかった。それを教えてくれた弘光先生のこと、みんなが誤解したまま意地悪するなんて、黙って見ていられない。

「あたしはただ、先生のことわかってほしっ……」

あたしがそう叫ぼうとした、その時だった。

ふいに、音楽室の入り口から弘光先生が入ってきた。あたしと夏穂たちが驚いているのを無視して、さっさと弘光先生がピアノの前に向かう。

「!?」

いつの間にか涙目になっていたあたしは、弘光先生を見て息を呑《の》んだ。

どうして、ここにいるの……？

もしかして、今の話を聞かれてしまったんだろうか。

詩乃と夏穂は、バツが悪そうにこう言い合った。

「うわ、盗み聞きとか悪趣味なんですけど」

「え、シカト!?」

二人の反応をスルーして、弘光先生はすっと無言で音楽室の窓際にある大きなピアノの前に座った。

「あの……」

弘光先生は、いったいどうしちゃったんだろうか？　あたしは、心配になって弘光先生のそばへ駆け寄った。

「先生？」

「……」

黙ったまま、すっと両手をピアノの鍵盤《けんばん》に落とし、滑《なめ》らかな手さばきを見せると、弘光先生は演奏を始めた。

それが――予想外のドへたくそで、あたしと夏穂たちは固まってしまった。曲はたぶん、合唱曲として有名な往年《おうねん》のヒットソング、『翼をください』なんだろうけど……。弘光先生のピアノ演奏は、超絶残念な出来栄えだ。

耐え切れなくなって、あたしは気持ちよくピアノ演奏を続けている弘光先生に大きく声をかけた。

「先生っ！」

「……なに？」

ピアノ演奏を邪魔されてご機嫌斜めなのか、弘光先生はぶすっとした顔でこちらを見た。

あたしは、今の演奏に対する突っ込み待ちかなと思いながらも、恐々《こわごわ》とこう聞いた。

「なにって……。今の……」

「ちょっと練習しようかなと思って」

「へ？」

「だって、合唱には伴奏がいるでしょ」

「え？」

平然と答えた弘光先生に、あたしたち三人はびっくりして目を見開いた。そりゃ確かにそうだけど、この腕前でうちのクラスの伴奏する気⁉　必要なことしかしない弘光先生があたしたちのために伴奏してくれるのは意外だったし、嬉しいはずなんだけど……。複雑すぎて、あたしはなんと言ったらいいのかわからなくなった。

詩乃と夏穂も、驚いている。

「……え、先生伴奏するんスか？」

「三歳からピアノを習っていたので」

若干《じゃっかん》得意げに弘光先生が頷《うなず》く。

すると、詩乃と夏穂は、弘光先生を見たまま吹き出した。

「ぷぷっ」

「……先生って、天然？」

そんな二人の反応にはかまわずに、弘光先生は、いつもの淡々とした声で、でもちょっと担任の教師らしいことを言った。

「せっかくなので、練習しますか？」

詩乃と夏穂は、一緒になって軽く吹き出しながらも、楽しそうにこう言った。

「いやいや、ピアノの？　歌の？　どっち？」

やっと弘光先生のキャラを摑《つか》めて嬉しいのか、詩乃も夏穂もいつものノリがよくて明るい二人に戻っていた。二人と弘光先生が話し始めるのを、あたしはほっとして笑顔になって見つめた。

弘光先生が『翼をください』を弾き始めると、夏穂が、『……いや、やるんかい』と突っ込んだりして、また弘光先生が演奏をミスって——。

「違う、違うんだよなぁ」

いつの間にか、詩乃も夏穂も、楽しそうに笑ってはしゃいでいた。あたしも横で、嬉しくなって弘光先生の下手《へた》なピアノ演奏に聞き入っていた。

「……あの伴奏で、さすがに合唱は無理でしょ」

「無理無理」

詩乃と夏穂が、そう笑い合っている。

音楽室での練習が終わって、弘光先生と一緒にあたしたち三人は校門へと向かうことになったのだ。でも、ポケットに手を突っ込んでみてから、あたしはハッとした。

「あ、ヤッバい！　あーっ……！」

「なに？　……忘れ物ですか」

あたしの忘れ物には二度目の遭遇《そうぐう》の弘光先生が、呆《あき》れたようにあたしを見る。あたしは苦笑いして頷いてから、みんなにこう言った。

「えへへ、先帰っててくださ～い！」

＊＊＊

あゆはがいなくなったあとで、詩乃と夏穂が楽しそうに話し出した。

「あはは……。さまるんて、ウケるよね」

「いや、でも先生について語り出した時はちょっと必死すぎて、さすがに引いたけどね」

二人の会話を聞きながら――、弘光は思った。

確かに、あれには驚いた。あゆはがあんな風に必死になるとは思っていなかったし、聞いていられなくなって出ていったというのもある。

「……ですね」

決してあゆはに対して引いたということはなかったけれど、弘光はそう頷いた。

「まぁ、でも、割と楽しかったからいっかな？　先生とも、ちゃんと話せたし」

詩乃がこちらを見てきたので、弘光はこう答えた。

「すいませんでした、この前は……」

「ん？」

「ちょっと言いすぎましたね」

「ふふ。先生、やっぱり天然でしょ」

夏穂がそうニヤリと笑うと、詩乃もニヤニヤしながらこう言ってきた。

「まあ、先生がいるなら、また練習やってもいいけど？」

「同じく！」

「しょうがないから、他の奴にも声かけるか！」

「うん！」

二人で盛り上がって、詩乃と夏穂はさっさと歩き去ってしまった。あの二人をこんな風に変えたのは、他ならぬあゆは自身だ。あゆはは、弘光が音楽を好きだからという理由だけで、あそこまで突っ走っている。

「……」

少し考えたあとで、弘光は踵《きびす》を返すことにした。——あゆはを、待つために。

＊＊＊

あたしが忘れ物のスマホを持って廊下《ろうか》を走っていると、弘光先生が一人で立っていた。

『うえぇっ⁉』と変な声を上げたあたしの顔を見て、弘光先生がぶっきら棒にこう言った。

「……遅い」

「え、待っててくれたんですか⁉」

弘光先生は、無言で頷いた。

嬉しくなってにんまり笑いながら、あたしは頭をかいた。最近結構頑張ってるけど、その甲斐《かい》が少しはあったみたいだ。

「へへへ」

「なに？」

「へへへへ」

「……なに？」

「いや、なんか、今日はもう先生に会えないと思ってたから……。なんていうか、ヤバいです」

こういうふい打ちに、あたしは弱いんだ。弘光先生も少しはあたしのことを考えてくれてる気がして、ついつい頬《ほお》が緩《ゆる》んでしまう。

こんなことで大喜びしているあたしに呆れてるのかどうか、弘光先生は少しの間黙っていたけれど、やがてこう言った。

「……さまるん」

「はい？」

「明日って、時間あります？」

「……え、それって」

突然の弘光先生からのお誘いに、あたしは息を呑《の》んだ。このさり気ない声のかけ方！

これって、もしかして……!?

「デートですね」

弘光先生と別れて家に帰ってから急いでアオちゃんにいつもの動画付き電話をかけると、相談に答えてくれたのは知らない男の子だった。スマホの液晶画面には、くるくる巻いた天然パーマらしき髪に包まれた素朴《そぼく》な顔が映ってる。どう見てもいい人って感じだけど……。

「だ、誰!?」

明日に備えてケア用に付けていたフェイスパックを顔から引っぺがして、ぎょっとして叫ぶと、アオちゃんの相方の声が聞こえてきた。

「あぁ、ウチの相方」

「彼氏さん!?」

そういえば、アオちゃんは今、漫画（たぶん同人誌？）の原稿執筆中だった。アオちゃんは、スマホの向こうで切羽《せっぱ》詰まった声でこう答えてくれた。

「今修羅場《しゅらば》なんだわ。だから、ウチの代わり！」

な、なるほど。そういえば、アオちんの彼氏さんも原稿手伝えるスキル持ってるんだっけ。さすがは熟年カップルだ。

アオちんの彼氏さんは、あたしに悟り深げにこう言った。

「さまるんさん。お相手の方、男目線から見ても充分脈アリだと思いますよ」

「ですよね!?」

さすがはアオちんの彼氏さん！　いいこと言う！　彼氏さんは、やけに丁寧《ていねい》な口調であたしにこうアドバイスをしてくれた。

「ええ。なので、粗相《そそう》のないよう明日のイメトレをされると良いかと」

「それなら、大得意です！　うふふ、うふふふふ……♡」

よっしゃとガッツポーズをして、あたしはスマホを置いた。そして、代わりに《LOVE♡ノート》を取り出す。そこには、さっき描いたラブラブなキスをするあたしと弘光先生のイラストがあった。満面の笑みで、あたしはそのイラストを眺めた。

キスに持ち込むためにも、明日は失敗は許されない！　あたしは、頑張って明日の初デート（？）予行練習に励《はげ》んだ。

11

精いっぱいお洒落《しゃれ》をして、あたしは家の前でドキドキと弘光先生の到着を待った。今日は弘光先生の年齢を考慮《こうりょ》して、若干《じゃっかん》大人っぽいコーデを意識してる。……んだけど、弘光先生は気付いてくれるだろうか？

あたしがそわそわしていると、やがて、弘光先生の車が見えてきた。あたしが手を振って駆け寄ると、弘光先生は運転席からあたしの顔を見てこう言った。

「お待たせしました」

プライベートの弘光先生も超絶イケメン♡　格好良すぎる弘光先生の到着に、あたしも可愛《かわい》らしく澄ましてこう答えた。

「いいえ、わざわざ迎えにきていただいちゃって……」

「どうぞ。今日中に合唱曲決めますからね」

「は〜い♡」

上機嫌で弘光先生の車の助手席に座ってシートベルトを締めたところで、あたしはぎょっと息を呑んだ。なんと——、虎竹が後部座席に座っていたのだ。

「!?」

なぜ、いる!?　ていうか、今日はあたしと弘光先生の秘密のドライブデートじゃなかったの……!?

弘光先生は、平然とした顔で後部座席の虎竹に声をかけた。

「後ろ、狭くないですか」

「あ、はい」

虎竹がこくりと頷《うなず》く。あたしは、後部座席をにらみつけながら、ボソボソと虎竹にこう言った。

「……読めやぁ」

「あ？」

「空気読めやぁ！」

「あ⁉」

「じゃあ行きますよ」

弘光先生がそう言ったから『は〜い……』と答えたけれど、まだあたしは虎竹をにらみつけていた。

ここは風邪《かぜ》でも引いたことにして欠席する場面でしょうが！　肝心《かんじん》な時に、女心がわからん奴だな！　あたしがにらみつけると、虎竹はふんとばかりに目を逸《そ》らした。


弘光先生が愛車で連れてきてくれたのは、都心にある有名な大規模楽器店だった。

ガラス張りのお洒落なビルの各フロアに、たくさんの種類のピアノやヴァイオリンにフルートなどの楽器各種に加え、音楽関連のレアそうな専門書がびっしり詰まった本棚《ほんだな》が並んでいる。エスカレーターで上階に来て、合唱関連の本をパラパラと捲《めく》りながら、あたしはため息をついた。

「まぁ、こんなこったろうと思いましたけど」

三人並んで本棚の前に立ったままそうつぶやくと、弘光先生が肩をすくめた。

「彼も実行委員なんだから、来てもらうのが筋でしょ」

「ていうか、わざわざ休みに合唱の曲決めなくても」

虎竹が弘光先生にそう突っ込んだのを見て、あたしはニヤニヤと笑った。

「わからない？　先生も燃えてきちゃってんのよ！　心の金八育ってきてんのよ！」

もしかすると、ワンレンに斜め掛けバッグで学校に現れて、弘光先生が笑顔で生徒たちに『おはよう！』と叫んでくれる日も、そう遠くないかもしれない。いや、そんな弘光先生嫌だ……でも、案外可愛いかも？　ピアノが下手《へた》なところもすごく可愛く見えちゃって、すっかりあたしは弘光先生のダメなところすらも愛らしいと思えるようになっていた。

するとと、弘光先生は、こともなげにこう答えた。

「さまるんのせいだからね」

「え、あたしの!?」

あたしの真心が、ついに通じちゃったのかな!?　ここまで頑張ってきた甲斐《かい》があったった……。そう思っていると、あたしの内心を悟っているのか、弘光先生は首を振ってこう言った。

「全力で空《から》まわりされると、見ているだけで疲れて迷惑なんです」

ちょっと持ち上げられたと思ったら、全力で奈落の底に落とされた！　どうしてこう、弘光先生はクールで素っ気ないんだろう。ムッとして、あたしは急いで弘光先生の前に立って、弘光先生の心の中のリトル金八に話しかけた。

「『い～ですかぁ、あゆははぁ』」

「さまるん……」

「『腐ったみかんじゃありませぇ～ん！』」

わかるか、伝わるか!?　往年《おうねん》の金八先生の名言含みの物真似《ものまね》なんだけど!?

「……それ、やめてもらってもいいですか？」

「先生、金八、ハマッてます!?　……『はぁ～い、注～目！』」

必死に練習した金八の物真似を続けていると、弘光先生が、

「しつこい」

そう言って、急に大きな両手であたしの両頬をムギュッと摑《つか》んできた。

「真面目《まじめ》に探すように」

勢いよく背中を押されて、あたしは『えへへへへ』と笑いながら本棚に向かった。

やだ、なにこのスキンシップ!?　頬は軽く痛い気がするけど、そんなことどうでもいいくらい嬉しい♡　あたしは、うっとりと本棚を見つめた。

そんな単純なあたしを、またいつもの呆《あき》れた目で虎竹が見ているけど、無視だ無視。

「……」

けれど──。今日の虎竹が本当は少しだけいつもと違うことに、あたしは気付かなかった。

＊＊＊

そのあとも、あゆはは誰よりも真剣になって合唱の本を探して中を読んでいた。あんまり集中して、弘光の存在も忘れるほどだった。

そんなあゆはを気にかけつつ、弘光はフロアの一角に置いてあったピアノで『翼をください』を演奏練習していた。すると、弘光のそばまで、ふいに虎竹が歩み寄ってきた。

「やめてもらっていいですか？　あいつで、遊ぶの」

「なんの話ですか？」

「あゆはですよ……。かなり惚《ほ》れっぽいんです。大人なんですから、ああいう思わせ振りなことをされると……」

「大人ねぇ」

自分でも大人気《おとなげ》ないと思いながらも、虎竹の言葉を遮《さえぎ》るように、弘光は口を開いた。

「え?」

「思ってるより大差ないと思うよ、俺と君」

まるで自分に言っているような言葉だ——そう思いながら、弘光は虎竹を見た。虎竹は、ムッとしたように弘光をにらみつけている。

「それってどういうことですか」

「まず俺につっかかる前に、自分の気持ちに正直になるのが先でしょって話」

自分の感情の変化を隠してそう指摘すると、虎竹はむっとしたように顔をしかめた。

「いや……、俺は別に……」

自分の気持ちに正直になる——か。弘光は、まるで自分に言い聞かせているような言葉だなと思った。最初に浮かんだのは、数学。そして、留学先だったフランス——。でも、今は……。

気が付けば、虎竹の後ろからあゆはがこちらへ近づいてきていた。

＊＊＊

ふと顔を上げると、虎竹が弘光先生となにか話していることに気が付いた。あたしは、不思議に思って虎竹に声をかけた。

「虎竹?」

「俺、先帰るわ」

なぜだかどこか不機嫌そうにそれだけ言って、虎竹は本当にとっとと帰っていった。機嫌が悪そうなのは、休日に駆り出されたから?　……それにしても。

「アイツ……、やっと空気読んだな」

やったー!　ここからが本当のあたしと弘光先生の初デートのスタートだっ!

二人きりになれたのが嬉しくて、あたしは弘光先生のそばに駆け寄った。すると、弘光先生は、楽器店を出て虎竹とは別方向へ歩き出した。どこへ行くのかわからなかったけど、並んで歩けるのが嬉しくて、あたしは満面の笑みで弘光先生にくっついて進んだ。

目いっぱいお洒落をして街を弘光先生と二人並んで歩いていると、……なんだか本当にカップルになれたみたいに思えて、とても幸せだった。今にもスキップしそうな気持ちで、あたしは喜びを噛《か》み締めたのだった。

弘光先生と肩を並べてしばらく一緒に街中《まちなか》を歩いていると、気が付けばあたしは弘光先生に駅からほど近い大規模のコンサートホールに連れてこられていた。大盛況なようで、まわりにはあたしたちと同じコンサートホールに向かっているらしき人たちがいっぱい歩いていた。

警備員まで立っている巨大なエントランスを通り抜けると、すぐに受付があって、たくさんのスタッフがお客さんの案内をしていた。受付のまわりや大きな螺旋《らせん》階段の壁などには、たくさんのポスターが飾られていた。壁は打ちっ放しのコンクリートで小洒落てるし、床は柔らかいカーペット張りでふわふわだし、かなり本格的なコンサートみたいだ。

「なに見るんですか？」

「ちゃんとした音楽に触れるのもいいかなと思って」

こんな本格的なホールでコンサートを聴くなんて初体験で、あたしはそわそわと弘光先生のあとをついて歩いた。コンサートホールに入ると、ゆったりとした座席が二階席まで用意されていて、お客さんたちがどんどん集まってきていた。ホールの中も綺麗《きれい》な照明がキラキラと照らして、足元には赤いカーペットが敷かれていて、まさに音楽に集中するための場所って感じだ。

「チケット見せて」

「はい」

あたしの渡したチケットを見て、弘光先生はふと振り返ってこう言った。

「さまるんの席、あそこね」

「えーっ、バラバラですか⁉」

あたしは、自分の席と弘光先生の席を交互に見た。席は、通路を隔《へだ》てて少し離れている。

そんなぁ……！　せっかくの初デート（？）だし、暗闇の中で弘光先生とピッタリ寄り添いながら素敵な音楽を聴けると思ってたのに、酷《ひど》い！　それに、こんな場違いなところに来て一人で音楽鑑賞なんて、ちゃんと最後まで聴ける自信ないよ……。

けれど、弘光先生はあっさりと首を振った。

「しょうがないでしょ。急遽《きゅうきょ》取ったチケットなんだから」

「ええええ……」

「ほら、早く座って」

そう諭《さと》されて、仕方なくあたしは教えてもらった自分の席に座った。

わざわざ弘光先生があたしのために取ってくれたコンサートチケットだと思うと、さすがに駄々をこねるわけにも寝るわけにもいかない。席に座ると、すぐに会場が暗くなって、拍手が沸き起こった。ピアノにスポットライトがきらりと当たって、青いドレスを着たとても綺麗なロングヘアの女の人が舞台に上がった。遠目からでも、モデルか女優と言われても納得してしまうような美人だとわかる。あの人、あんなに綺麗なのに、さらにピアノまで弾けちゃうんだ……。

美人ピアニストは、ぺこりとお辞儀《じぎ》をして客席のどこかをじっと見つめた。それから、ピアノの前に座って、しなやかに演奏を始めた。

始まった最初の曲が聴いたことがあるような気がして急いでパンフレットを捲ると、リストという昔の有名な作曲家の『愛の夢』という曲だった。舞台上の美人ピアニストは、まるで撫《な》でるように鍵盤《けんばん》を叩き、綺麗で澄んだ伸びやかな音楽が会場中を満たしていく。いつの間にか、あたしは会場中の誰よりも演奏に夢中になっていった。

「……」

すごい。クラシックコンサートなんて興味なかったけど、こんなに魅力的な演奏をする人もいるんだ。

少し離れた席に座っている弘光先生をふと見てみると、あのクールな弘光先生ですらも、舞台の上の美人ピアニストに見入っているようだった。

「……」

数学と音楽が好きな弘光先生は、ただ真剣に演奏に耳を傾けていた。弘光先生でも、あんな表情するんだな。なんだか、意外だった。高校での数学の授業中でも、滅多《めった》にあんな顔はしない。少しだけ弘光先生のことで頭がいっぱいになったけど、ピアノ演奏のあまりの素晴らしさに、あたしはすぐにコンサートに夢中になった。


やがて、一曲目が終わって舞台上の有名美人ピアニストがお辞儀《じぎ》をすると、会場は感動した観客の拍手でいっぱいになった。

いつの間にかすっかり演奏に引き込まれていたあたしも、夢中になって大きく拍手しながら、立ち上がった。……けど、客席で立っているのはあたしだけだと気が付いて、あたしは急いで椅子《いす》に座り直した。そうか……、そういうコンサートじゃないのか。

興奮冷めやらぬ会場を見つめて、美人ピアニストがマイクを持った。

「皆さんこんにちは、秋香《しゅうか》です」

あの美人ピアニストは、秋香さんっていうんだ。綺麗な名前。少し距離のある観客席から見ても、秋香さんは大人っぽくてとても綺麗で、輝いて見えた。

ふと目をやると、弘光先生も秋香さんをじっと見つめている。

「……」

無言で熱心に舞台上に視線を送っている弘光先生に、一瞬イラッときたけど、あたしはすぐにぶんぶん首を振った。

弘光先生が、演奏じゃなくて美人目当てでコンサートを選ぶわけがない。だって、弘光先生はあたしに演奏を聴かせるためにわざわざチケットを取ってくれたんだもん。

秋香さんは、歓声に笑顔で応えてから、こう続けた。

「こんな沢山《たくさん》の方にいらしていただき、本当に嬉しいです……。今日は楽しんでいってください」

本当に嬉しそうに微笑《ほほえ》んでいる秋香さんに、あたしも精いっぱいの拍手を送った。

秋香さんは、微笑んだままマイクに向かってこう言った。

「今回帰国したのは、古い友人に伝えたいことがあったからでして……。次の曲は……、そのユキちゃんに捧げます」

ユキちゃんへの演奏のプレゼントか。なんか、素敵だな。あたしとアオちんみたいに、秋香さんとその人も、親友同士なんだろうか？　もしかしたら、そのユキちゃんが、今日この会場に来ているのかもしれない。

ピアノの前に座った秋香さんが、また演奏を始めた。

曲調を聴いて、あたしは少し驚いた。クラシックじゃなかったからだ。もしかして、J

ポップだろうか？　こういう曲の方があたしとしては耳馴染《みみなじ》みがいいし、聴きやすいんだけど、こんなクラシックコンサートでも聴けるなんて、意外だった。なんだか、すごく今のあたしにピッタリな曲調に感じて、目をつぶって聴いていると、あたしはまるで制服を着て高校にいるような気持ちになった。とても素敵な曲だ。弘光先生も、もしかしたら今同じ気持ちになって、高校時代でも思い出しているのかもしれない……。

ちらっと弘光先生を見ると、やっぱり弘光先生も、さっきよりもさらに真剣な表情で舞台を見つめている。

「……」

あたしは、また目を閉じて、秋香さんのユキちゃんへの想いが詰まった特別なピアノ演奏に耳を傾けた。

アンコールが終わって、会場は再び大きな拍手に包まれた。観客たちはみんな大満足して笑顔になって、コンサートホールをあとにしていった。あたしも、はぐれないように弘光先生にくっついて、ちょっとだけ名残惜《なごりお》しくコンサートホールを出た。

まだコンサートの余韻《よいん》に浸ったまま、あたしは弘光先生の助手席で、さっき流れていた曲の鼻歌を口ずさんだ。ちょうどタイミングよく、弘光先生の車でも同じ曲が流れていたのだ。初めて聴いた曲だけど、ノリがよくてすごく好きな感じだ。

すると、あたしの方をチラッと見て、弘光先生がこう聞いてきた。

「……好きなの？　ジュディマリ」

「あ、この曲、ジュディマリっていうんですか？」

あたしが首を傾《かし》げると、弘光先生がぎょっとした顔になった。

「あー……。……今、猛烈に世代の差を感じましたよ」

「え？」

それじゃ、もしかして、この曲は結構昔のなんだろうか？　『翼をください』とどっちが歴史モノ？　なんて思ってると、弘光先生が無言でカーステレオのボリュームを上げた。

カーステレオの画面には、曲名がデジタル表示されている。『Over Drive』と読めた。

えーと……、オーバードライブ、でいいんだよね？　数学に負けず劣らず英語も苦手なあたしは、ちょっと自信なく弘光先生に尋ねた。

「先生も、……オーバードライブ、好きなんですか？」

「……昔、勧められて」

どこか低めた声で、弘光先生は頷《うなず》いた。なんだか弘光先生が複雑な表情になった気がして、あたしは目を瞬いた。そういえば、さっきの秋香さんのピアノコンサートの最中もこんな難しい顔をしていた気がする。

弘光先生の表情に少し引っかかりながらも、弘光先生の新しい一面を知りたくて、あたしはこう聞いた。

「もしかして、またサイモンですか？」

「……」

弘光先生は黙っているけれど、どうやら、やっぱりまたサイモンの仕業《しわざ》みたいだ。サイモンはかつて、弘光先生の世界をずいぶん広げてくれたらしい。

「へぇ」

あたしは、ニコニコと上機嫌に頷いた。

サイモン、やるじゃん！　サイモンのおかげで、あたしまで弘光先生に近づけちゃった気がするよ。弘光先生に恋するライバル同士だけど、サイモンと同じ高校だったりしたら、あたしも友達になれたかもしれない。秋香さんと、ユキちゃんみたいに。

弘光先生の思い出を少しずつ知ることができているのが嬉しくて、あたしはにまにましながら、窓の外を流れていく景色を見つめた。

キッとブレーキがかかって、弘光先生の車が停まった。

「……はい、着きましたよ」

「へっ……!?!?」

驚いて、あたしは目を丸くした。気が付けば、ここは――あたしの家の前だった。ぎょっとして、あたしは自分の家の玄関と弘光先生を交互に見た。

「は!? も、もう……、もう終わりですか!?」

「そうだけど?」

「そこを、も、もうひと押し! ね、もうちょっと!! もうちょっとっ……」

たとえば夜景とか、海とか、東京タワーとかスカイツリーとか!

そう思って弘光先生をじいっと見つめていると、ため息をついて弘光先生が自分のシートベルトを外した。

「……」

そのまま、おもむろに弘光先生は、あたしの方に腕をすっと伸ばした。えっ……!? なに、この急接近!? もしかして、このまま抱きしめられちゃう感じ!? 夢みたいな展開に、一気に顔がカーッと赤くなって、心臓がドキドキと高鳴った。

「ほわっ⁉　こ、こんなご褒美《ほうび》を⁉」

弘光先生のご厚意に答えるため、あたしは弘光先生に思いっきり抱きついた。すると、呆《あき》れたように弘光先生が首を振った。

「いや、違うから」

そう言って、弘光先生は、助手席のドアをすっと開けた。

「ドア開けただけ」

テンションがダダ下がりになって、あたしは白目を剝《む》きそうになった。

「あぁ……」

なんだ、勘違いか。……どうせ勘違いなら、もっと長く抱きついときゃよかった。

またドライブできただけでも嬉しいのに、大期待からの撃沈もあってか、どうもテンションが上がらない。肩を落として家に帰ろうとしたあたしを、弘光先生が呼び止めた。

「ちょっと待って、これ忘れてますけど」

「うえぇっ⁉」

弘光先生が、助手席に置きっ放しにしていたあたしの恋のお手製バイブルを手に取った。

「《LOVE♡ノート》？」

「⁉　あ、それは!!!　あー……」

そうだ、いつでも書き込めるように、ずっとお尻の下に敷いてたんだった！

慌てているあたしを尻目に、止めるまもなく弘光先生は、《LOVE♡ノート》をパラパラと捲《めく》り始めた。

《LOVE♡ノート》には、《センセイと今日は六回、目が合った》とか、《ペンまわし格好良い》とか、《頭ポンポンされた》とか、《落としてみなよって言われた》とか……。とにかくたくさんの、あたしと弘光先生の愛の歴史が綴《つづ》られている。

あたしのお手製バイブルの趣旨《しゅし》がわかったらしい弘光先生は、笑顔でこう言った。

「燃やそっか、これ」

微笑んでいる弘光先生から急いで《LOVE♡ノート》を奪い取ろうとしながら、あたしはぶんぶんと力いっぱい首を振った。

「あっ、ダメです！　それは、先生とあたしの愛の記録でー！」

「いや、これとか記録じゃないですよね」

そう言って、弘光先生は《LOVE♡ノート》のとある一ページを指差した。

そこには、見開きでドーンとあたしと弘光先生の理想のファーストキスのシチュエーションが事細かに描かれている。

「それは……、イメトレですっ！」

あたしは、弘光先生にそう力説した。

「先生は、手の甲にキスをして『愛している。お前を離さない』か〜ら〜の……」

弘光先生が、まるで奪うように、あたしの唇を……。

「……ってのが、理想のファーストキッスでして」

少女漫画チックな超素敵展開を妄想して、あたしはうっとりと目を閉じた。弘光先生は、本気で引いた顔をしてあたしに《ＬＯＶＥ♡ノート》を返してきた。

「……はい」

いや、勝手に見といてその反応はなに!?

ちょっとそう突っ込みたくなったけど、あたしは元気に笑ってこう言った。

「とにかく、今日は本当にありがとうございました！　先生といられて、めっちゃくちゃ幸せでした！」

なんたって、今日は初デートだもんね。初デートがクラシックのピアノコンサートだなんて、やっぱり弘光先生は大人だなぁ。今日のことも、バッチリ《ＬＯＶＥ♡ノート》に書いとかなきゃ！

うきうきしながら弘光先生を見つめると、弘光先生は肩をすくめて頷いた。

「……そうですか」

「それに、ビビッとくる曲にも出会いましたし。えへへ」

あたしは、弘光先生にそう宣言した。弘光先生は、怪訝《けげん》そうに首を傾げている。

「？」

あたしだって、今日の目的を忘れているわけじゃない。合唱コンクールの実行委員として、しっかり役目を果たすつもりだ。スキップしながら、あたしは家へと帰った。

12

さっそくすぐに店に買いに走った『Over Drive』のCDをヘビーローテーションして流してみると、思った通り、アオちんをはじめとしたクラスメイトたちに大好評だった。
あたしはアオちんや虎竹たちクラスメイトと、合唱コンクールの練習を本格的に始めた。
クラスメイトの中には、詩乃や夏穂の姿もあった。二人ともクラスのみんなに声をかけてくれて、そのおかげもあって、うちのクラスは、同じ学年の中でもとても熱心に練習していた。

各パートのパートリーダーを集めて、割り箸《ばし》を奥歯で噛《か》んで発声練習したりして——一緒に実行委員をやってる虎竹も頑張ってくれてて、ついつい嬉しくてあたしは茶化してしまった。

「虎竹、顔怖～い」

「んだよー」

そう言いつつも、虎竹は率先《そっせん》して合唱練習に協力してくれてる。

「ロウソクの炎、揺れないように意識してー」

あたしは、店で買い漁《あさ》ったロウソクをクラスメイト一人一人の前に立ててそう仕切った。

耳にした合唱のための発声練習は全部網羅《もうら》して、なんとしても学年優勝を狙うつもりだ。

ガチで優勝を狙うとなるとクラスのみんなもノリノリになってくれて、日増しに練習に熱が入るようになっていった。

弘光先生も、なにか思うところがあるのか、率先して指揮をしてくれちゃったりして、クラスが今まで以上にまとまってきているのを、あたしもひしひしと感じた。

あたしはといえば、当然のごとくクラスの中でも一番張り切って、今日も笑顔で合唱練習をしていた。それに、家に帰ったら必ず長距離の走り込みも日課になった。良い声を出すには体力作りが欠かせない！　そう思ってなんちゃって腹筋を一万回終えると、アオちんが褒《ほ》めてくれた。虎竹は『嘘つくなー』なんて言ってたけど、相変わらず付き合ってくれてる。

ランニングが日課になったおかげで、顔見知りまでできちゃって、ジョギング中の超綺麗《きれい》なお姉さんにシャドウボクシングの稽古《けいこ》をつけてもらうまでになった。

「よし来い！」

「はい！」

「左左、右！　左左、右！　ラストォ!!」

「はいっ!!」

「左左、右！　よし、行ってこい!!」

「はいっ!!!」

お姉さんに背中を押されて駆け出しながら、あたしは笑顔になった。

この右ストレートなら世界も狙えるわ……！　なんだかあたし、あらゆるジャンルでどんどん向上してる感じ!?　弘光先生を好きになってから、いいことずくめな気がするよ。

一生懸命ランニングしてるあたしにつられてか、最終的にはクラスメイト全員が感化されて一緒に走り込みするようになって、どんどんあたしたちは一丸となっていった。こんなにうちのクラスがまとまったの、これが初めてかも……。

「うお——！」

「イエーイ！」

「優勝するぞー！」

「「「イエーイ！　イエーイ!!　イエーイ!!　……」」」

あたしたちは、他のクラスが迷惑がるくらいに盛り上がった。

「愛《いと》しい日々も恋も優しい歌も　泡《あわ》のように消えてくけど　あぁ今は痛みとひきかえに歌う風のように……」

気持ちを込めて、『Over Drive』のサビを歌う。本当にいい歌詞だ。弘光先生やサイモンが好きになった理由もよくわかる。そんな風に思って合唱練習をしている時、ふと弘光先生と目が合って——。

「……」

褒めてくれているのか、それともあたしの頑張りを認めてくれているのか、弘光先生が少し微笑《ほほえ》んでくれたりして、まるであたしが弘光先生にとっての特別な存在みたいに思えて、嬉しくてならなかった。

なんだか、あのドライブ以来、あたしと弘光先生の距離はぐっと縮まった気がする。

……んだけど、あたしだけの勘違いじゃないといいな。

『Over Drive』の歌詞もすごく素敵なのもあいまって、あたしはまた一生懸命に合唱練習に励《はげ》んだ。


今日もいつもの合唱練習が終わって、クラスメイトたちは次々に下校していった。

「先生、さよならぁ」

「さよならぁ！」

いつの間にか、クラスメイトたちは誰一人怖がったりすることなく、弘光先生に笑顔で話しかけるようになっていた。

「さよなら」

いつも通り器用にペンまわしをしながら、たくさんの書き込みが入っている楽譜に目を落として、それでも弘光先生は流すことなく生徒たちを見送っている。

そんな弘光先生に、詩乃と夏穂のコンビが甘い声で迫り始めた。

「先生っ！　芸術祭、一緒にまわろうよぉ」

「ダメ？」

「先生と生徒が一緒にまわるのはおかしいでしょ」

「またそういうこと言ってぇ。お願いっ」

「先生ぇ、お願いっ」

お約束の上目遣いのうるうる目とアヒル口で、詩乃と夏穂が弘光先生に詰め寄ってその両腕を取る。あたしは、イライラして肉食女子コンビをにらみつけた。

「この泥棒猫ォ……、いや、泥棒雌豹《めひょう》どもがァっ！」

するとアオちんがあたしを止めてこう言った。

「さまるん、ブス成分増量してんぞぉ！」

え⁉ 今のあたし、ブス⁉ ていうか、ブス成分増量って、そもそもブス要素があったってこと⁉ そう思っていると、虎竹もアオちんに乗っかってこう言ってきた。

「そもそも、お前のもんじゃないだろ」

「ふあっ⁉ アオちん～！ 虎竹がまーたいじめてくるぅ！」

すると、自分があたしをいじるのはいいけど他人があたしをいじるのは嫌なアオちんが、虎竹に怖い顔でガンを飛ばした。

「おい、てめぇが、オメガで誘い受けしてメスイキしまくる発情期ものののエグめな妄想してやろうか⁉」

ピー音で伏せたいような放送禁止用語連発のアオちんの腐女子《ふじょし》な突っ込みに、虎竹が青くなった。

「怖《こえ》えよ……！　てか俺は、事実を言ったまでじゃんか」

虎竹が、ドン引き顔でアオちんにそう言い返している。あたしは、青くなって虎竹にこう抗議をした。

「不安煽《あお》らないでよぉ～！　あたしだって、進展なさすぎて焦ってるんだから！」

あのドライブで一気に近づいた距離が、あれ以降なんにもなさすぎてまた元通りになりつつある気がする。でも、合唱コンクールの曲探しみたいな、都合のいい弘光先生とお出かけの口実なんてそうそうあるわけもない。

あたしが頭を悩ませていると、アオちんが腕を組んでこう言った。

「……こうなりゃ、あの伝説に頼るしかねぇな」

「伝説？」

アオちんの提案に、あたしはノリノリでその詳細を聞いた。

「後夜祭でやるプロジェクションマッピングの前でキスしたカップルは、永遠に結ばれる――通称、後夜祭キッスだ!!」

クラスメイトたちがみんな帰ったあとで、あたしは弘光先生と一緒に合唱練習に使ったプレイヤーを運んで渡り廊下《ろうか》を歩きながら、アオちんが教えてくれた伝説について説明した。

「後夜祭キッス？」

「えーっ。知らないんですか、うちの学校の伝説！」

……って、あたしも実はついさっきアオちんから聞いて初めて知ったんだけど。あたしは、ドヤ顔になって弘光先生にこう言った。

「後夜祭でやるプロジェクションマッピングの前でキスしたカップルは、永遠に結ばれて……」

「しないからね、キス」

「ちっ」

あっさり否定されて、あたしは顔をしかめて舌打ちをした。

「ていうか、プロジェクションマッピングって。できたの最近でしょ。伝説って言うほど歴史、ないでしょ」

「昔はキャンプファイヤーだったらしいんですけど、変更になったらしくて」

——と、アオちんが言っていた。詳しく知っていたから、アオちんも、彼氏と今年は伝説に挑戦するのかもしれない。

あたしの話を聞いて、弘光先生は肩をすくめてこう言った。

「適応力高い伝説だね」

けれど、弘光先生には、ちっとも乗り気になってくれる様子がない。ガッカリして、あたしはため息をついた。

「あ〜あ、伝説ならいけるかと思ったのになぁ」

「は？　なんでいけると思ったの？」

「けどけど、この学校の中でなら、あたしがチューしてもいいナンバーワンですよね？」

弘光先生の反応をスルーしてあたしが人差し指を立てると、弘光先生は目を眇《すが》めてこう突っ込んできた。

「なんなの、その無駄な自信は」

「強《し》いて言うならですよ、強いて言うならっ！」

「生徒をそんな観点で見てませんから」

呆《あき》れたようにため息をついて、弘光先生がそう首を振った。

「けどけど、この学校の中で一番仲がいいのは、言わずもがな、あたし、ですよね〜？」

あたしはなんとかそう確認しようと思ったんだけど、——もう弘光先生はあたしを見ていなかった。驚いたような顔をして、あたしを通り越して渡り廊下を駆け抜けて、どこかへ走り去ってしまった。

「……先生？」

いつも冷静な弘光先生らしからぬ焦った様子に、あたしも慌てて弘光先生のあとを追いかけた。


渡り廊下は中庭の方まで続いていて、弘光先生はその先へと走っていった。そして、そのまま弘光先生は、前を歩いている女の人に追いつくと、ぎゅっとその細腕を掴《つか》んだ。

「なんで……、いるの？」

中庭の緑を揺らして少し風が吹いて、その女の人の髪を優雅に揺らした。その人は、優しく微笑《ほほえ》んで振り返ると、少し茶化すように弘光先生にこう言った。

「なぁんででしょ？」

弘光先生が捕まえたその女性は、――あの時コンサートで演奏していた、美人ピアニストの秋香さんだった。

（この人って……、この前の）

あたしは、息を呑《の》んで秋香さんを見つめた。秋香さんは、舞台に立っていた時そのままに、今日もとても綺麗《きれい》で、輝いて見えた。日本人離れしてるといってもいいくらいすらっとした体つきに、艶々《つやつや》のロングヘアがよく似合ってて、顔はお人形さんみたいに小さくて整っている。ビックリするくらいの超美女なのに、ものすごく性格も優しそうだ。

あの超絶クールな弘光先生をまるでからかうみたいに、その秋香さんがニコニコと笑っている。慌てているのは弘光先生の方で、秋香さんは余裕の微笑だ。

二人の間に言い知れない大人の香りが漂っている気がして、あたしは秋香さんとは正反対の堅い作り笑顔を作って、そぉっと近づいていった。

「……あのぉ～」

「ああ、ユキちゃんの生徒さん？　はじめまして、柴門《さいもん》秋香です」

秋香さんの自己紹介を聞いて、あたしは目玉が飛び出しそうになった。

「さいもん？　……柴門!?」

え!?　サイモンは弘光先生に片想いマッハだったガチムチ外国人でしょ!?　それなのに、どうしてこの人がサイモンを名乗るの!?　性転換!?　全身整形!?　……いや、違う。秋香さんの美しさは、至って自然だし、作り物だとは思えない。ってことは、この人が、噂《うわさ》のサイモンだったんだ。

え、待って！　つ、つまりはそれって……!?

青ざめたまま、あたしは必死に弘光先生の一人暮らしの部屋で見た、あの写真を思い出した。真っ赤なピチピチTシャツを着たファンキーなガチムチ外国人が、ガッシリと弘光先生と肩を組んでいて、それから……。

そ、そうだ。

その少し離れた隣に、確か若い女の人が立っていた。スレンダーで髪の長い、モデルのように綺麗な女の人が――……。

その女の人が写真に映っている位置は、弘光先生とガチムチのコンビとは少し距離があったから、完全にノーマークだったし、あの時のあたしの視界にはほぼ入っていなかった。

でも、あの女の人は、確かに今、目の前にいる。弘光先生の超美人な幼馴染《おさななじみ》として――。

そんなん、嘘でしょっ……!?!?

あたしは、廊下に突っ立って絶叫した。

「そ、そ、そっちぃぃ!?!?」

そのあとで、体育館で全体集会があって、――とうとう正式に、秋香さんがあたしたちに紹介された。

「えー、怪我《けが》で入院中のザキヤマ先生の臨時で参りました、柴門秋香先生です。柴門先生は、フランスで活躍なさっているプロの……」

秋香さんの経歴を説明する教師の声が、マイク越しに体育館中に流れる。あたしは、まだパニック状態のまま、青い顔で説明を聞いていた。

「結構有名なピアニストらしいよ」

夏穂が、隣に座っているアオちんにそう耳打ちをした。アオちんは、首を振って夏穂にこう答えた。

「え、弘光先生の幼馴染でしょ？」

「一緒に留学してた仲間じゃなかった？」

そう言ったのは詩乃だ。青い顔のままで、あたしは呪いでもかけるような声でこう言った。

「……どれも正解」

「「「え？」」」

血走った目で壇上《だんじょう》をにらむあたしの方を、アオちんと夏穂たちが一斉に振り返る。壇上の秋香さんは、あたしの視線なんかちっとも気にした様子もなく、優雅にこう言った。

「――二週間という本当に短い間ですが、よろしくお願いいたします」

にっこりと天使のような微笑みを浮かべて、秋香さんはぺこりとお辞儀《じぎ》した。

「みなさん、秋香先生って呼んでくださいね」

すると、懐かしの交際一日で別れた小林を筆頭としたバカ男子たちが、目を惹《ひ》くような美人の秋香さんに歓声を上げた。

「秋香先生！」

「「「秋香先生～!!」」」

「フゥ～！」

小林は、あのトラウマのチョリーッスポーズを決めている。

男子たちの視線に、秋香さんは笑顔で頭を下げた。それを眺めていたアオちんが、やれやれとばかりに肩をすくめてこう言った。

「自己紹介三十秒で、人気教師の仲間入りってか」

男子たちに騒がれている秋香さんを庇《かば》うように、校長先生までもが『こら！　いい加減にしろ、お友達じゃないんだから……』なんて嫉妬《しっと》めいた怒鳴り声を上げている。

壇上から降りた秋香さんが弘光先生のネクタイを直しちゃったりなんかして、あたしは血走った目で二人をにらんだ。すると、夏穂が痛いところを衝《つ》いてきた。

「てかあの二人、お似合いじゃん」

悔《くや》しくって、強がりであたしは白目を剝《む》きかけながらこう言い返した。

「あはは……、そう？　微妙に、ジャ……、ジャンル、違くない？」

弘光先生には、やっぱり年下の元気いっぱいの女子が似合うよ、うん。自分に言い聞かせるようにそう思っているあたしを、虎竹が心配そうに後ろから見つめていた。

けれど、今日ばっかりは、虎竹もなにも突っ込んでくれない。そうか……。あたしは今、突っ込む余地もないほどヤバい状況なのか。うじうじしたまま、あたしは教室へと戻った。


その日の放課後、あたしたちのクラスの合唱曲の『Over Drive』を、さっそく弘光先生の指揮で秋香さんがピアノで演奏してくれた。その演奏は、コンサートで聴いたのと同じくらい素晴らしくて、クラスメイトたちは一斉に熱い拍手を送った。

いつもは女の先生には厳しい詩乃や夏穂も秋香さんを見直したようで、嬉しそうに声を上げた。

「すごーいっ！」

「本番でも先生が弾いてくれるんですよねっ？」

「あはは……。みんながよければ、だけど」

秋香さんは、優しくそう頷《うなず》いてくれた。

「やったね！」

「大歓迎以外のなにものでもないっしょ？」

すっかり秋香さんのファンになったらしい詩乃と夏穂は、大喜びではしゃいでいる。

秋香さんは、立ち上がって弘光先生のそばへ行くと、こう言った。

「ねぇ、この曲ってユキちゃんが？」

「学校では弘光先生ね」

「はい。弘光先生」

その瞬間、二人のただならぬ関係を悟ったのか、クラスメイトたちがはしゃいだようにざわつく。

そうかそうか、そうですか。秋香さんの大事な友達ユキちゃんは、弘光先生だったってわけね……。そういえば、弘光先生の下の名前は、由貴。音読みにすれば、ユキちゃんだもんね。あたしとアオちゃんの友情まで重ねて感動したあたしが、バカみたいだ。……いや、誰もそんなこと、最初から言ってないんだけどさ。

「……」

あたしは、恨みがましい目で幼馴染同士らしい大人の二人——弘光先生と秋香さんをにらみつけた。弘光先生は、楽譜を見ながらあたしたちに向かい合って、こう言った。

「最後のサビにかけて、もっと口を大きく開けて、フォルテで歌いましょう」

「「はい！」」

アオちんに不貞腐《ふてくさ》れ顔で寄りかかったけど、一生懸命合唱練習しているアオちんはかまってもくれない。仕方なく、あたしも姿勢を正して練習に身を入れた。

「はい。では、最初から行きます」

——また秋香先生の素晴らしい演奏が始まった。


怒って一人教室に帰って、あたしは黒板に『センセイの嘘つき』と書いてやろうとした。でも、『嘘』がどんな字だったか思い出せなくて、あたしはチョークを握り締めたまま固まった。

「ん？　ウソ？　あー……、いいや。ウソ、つき……」

適当にごまかして『嘘つき』と書いていると、ガラリと教室のドアが開いて、声がした。

「漢字もまともに書けないんですか」

「！」

驚いて振り返ると、そこには——弘光先生が立っていた。目を瞬いているあたしに肩をすくめて、弘光先生がこう言った。

「それと、嘘つきでもないです」

「だって、ガチムチじゃなかったじゃないですか！」

むっと口を尖らせてあたしがそう言うと、弘光先生が平然とこう答えた。

「さまるんが勝手に勘違いしてただけでしょ」

「幼馴染エピソード、あんな美人なお姉さまなら、全然話違ってきますから。……嫉妬し損《そこ》ねました」

「……嫉妬するのは勝手ですけど、アイツとはそういうんじゃないんで」

「え⁉　ホントですか⁉」

あたしは、一気に明るくなってそう声を上げた。あたしを見つめ返してくれている弘光先生は、本当にやましいところなんてないって顔をしている。

『そういうんじゃない』ってことはつまり、あたしが前のめって勘違いしただけで、二人は姉弟みたいな関係ってことかな……？　なら、仲よさそうに見えても、そんなに心配することじゃないのかも。なぁーんだ、よかったよかった！

──しかし。

帰りにカラオケに立ち寄ってアオちんにそう打ち明けた途端、アオちんはエコーをたっぷりかけたマイクに向かってこう言った。

「それ本気で信じてんの？」

「へ？」

「この恋愛バンビちゃんがっ！」

アオちんがマイクに向かってシャウトすると、カラオケルームの窓の外でアオちんの彼氏さんがノリノリで踊ってるのが見えた。虎竹が、迷惑そうに耳を塞《ふさ》いで叫んだ。

「あーっ、うっせぇなぁ！」

マイクを持ったまま、アオちんが歌うみたいにこう続ける。

「いいですかぁ。『別にそういうんじゃない』って、言うのはニアリ〜」

すると、そこで突然アオちんの彼氏さんがカラオケルームに乱入してきて、マイクを握った。アオちんの横で、息ぴったりに彼氏さんも歌う。

「大抵そういうのぉ」

「彼氏さん⁉」

まあ予想はしてたけど、突然の乱入にぎょっとしているあたしと虎竹をよそに、彼氏さんとアオちんは本格ラッパー張りのスキルで叫ぶように歌い始めた。

「アオちんの彼氏でーす！」

「イエーイ‼」

「幼馴染《おさななじみ》の男女は、ちょっとした弾みでぇ～」

……くっつくこともある⁉

ラブラブな歌をアオちんと彼氏さんがシャウト気味に歌って、ついつい弘光先生と秋香さんを重ねてしまったあたしは、思いっきり悲鳴を上げた。

「いぃやあああ〰〰‼」

「あーもう全員黙れ！」

うるさそうに、虎竹も声を上げる。いつも通り虎竹を無視して、アオちんがあたしの目をじっと見つめてビッと指さしてきた。

「恋愛のパイセンからのアドバイスだ。……敵は駆逐《くちく》せよ！」

「イェーガー！」

大ヒット少年漫画の主人公を真似《まね》して、あたしはアオちんに向かって左胸をドンと叩いた。それから、泣き叫びながら急いでカラオケルームを飛び出して走った。……敵を駆逐する作戦を考えるために。

「ううう〜！」

＊＊＊

「おい、ちょっとあゆは！」

走り去ったあゆはを見て、虎竹はそう呼び止めた。しかし、猪突猛進《ちょとつもうしん》で一途《いちず》なあゆはの耳には届かなかったようで、そのままあゆはは泣きながら帰ってしまった。

大きくため息をついて、虎竹はこう言った。

「……おまえも、あんまあいつを煽《あお》んなって」

「今の半分、アンタに向けた言葉だかんね？」

「……っ」

虚をつかれて、虎竹はなにかを考えるようにして黙り込んだ。どうやら、虎竹のあゆはに対する想いは、当のあゆは以外にはバレバレだったらしい。あゆはは、まっすぐすぎるほどに弘光に恋している。それが切なくもあったが、それ以上に虎竹は、あゆはのことが心配だった。

あゆはを不安にさせて悲しませる弘光のことを、素直に認めることはできない。けれど……。

虎竹は、眉間《みけん》を寄せて黙ったまま考え込んだ。あゆはのために、自分がいったいなにをできるだろうのか――と。

13

——翌日。

朝の通学路を何時間も前から見張って、あたしは敵がやってくるのを待った。

……いた！　ついに来た!!

秋香さんの今日も爽《さわ》やかで美しい後ろ姿を発見すると、あたしはそぉーっと忍び寄った。

（駆逐してやる、駆逐してやる、駆逐してやる、駆逐してやる、駆逐してやるぅ……！）

すると、なにか気配を感じたのか、秋香さんがすっと振り返った。

「?」

秋香さんの視線に我に返って、あたしは優等生モードになって笑顔で挨拶《あいさつ》をした。

「先生ぇ、おはようございま~す」

「おはよう」

あたしは、秋香さんと肩を並べて登校しながら、弘光先生との関係をさり気なく聞き出そうとした。秋香さんは、警戒した様子もなく、ニコニコと説明してくれた。

「――ほら由貴って、ユキって読めるでしょ」

うん。そうだよね。わかってた。

やっぱり弘光先生に対して恨みがましい気持ちを抱きながら、あたしは秋香さんにうんうんと頷《うなず》いた。でも、だんだん顔が、鬼の形相《ぎょうそう》になっていくのが止められない。

「だから、ユキちゃん。……昔からの癖《くせ》っていうか」

昔からの幼馴染ね。そういうことね。あたしと虎竹レベルの関係だったらいいけど、それ以上だったらどうしよう。どうしてくれよう……!?

鬼と化して研《と》ぎ澄ました鋭い爪を向けているあたしに気付いていないらしく、秋香さんは悪戯《いたずら》っぽくこう笑った。

「わたしのこと柴門って呼ぶから、その仕返し?」

秋香さんが振り向いた瞬間、あたしは笑顔の優等生モードに戻った。

「なぁるほど！　あっ、先生も留学されてたんですよねえ？」

「うん。フランスにね」

「弘光先生と一緒ですね」

「あはは……、そう。アパルトマンも近かったから、向こうでも一緒にいることが多かったの」

な、なにそれ!!　聞いてない……!!　弘光先生と秋香さんに比べたら、あたしと虎竹なんて屁みたいな関係じゃん。あたしは、また鬼の形相になって弘光先生を恨んだ。こんな関係の女がいることを教えてくれないなんて……、ずるいっ。……いや、弘光先生には、あたしに教える義理なんてないんだけど。

あたしは、鬼の形相のまま心の中で決意した。

(徹底リサーチして、駆逐してやりますよ!!)

秋香さん情報の徹底リサーチのために、あたしはそーっと職員室に忍び込んだ。秋香さんは、雑誌でよく話題になっている有名な大人っぽい化粧品《けしょうひん》ブランドの、超人気で女子の憧れの高そうなハンドクリームを手に塗っているところだった。

「あっ……！　ハンドクリーム!!」

皺《しわ》ひとつ寄っていない細くて長い白い指先は、艶々《つやつや》と光っているように見えた。

（女子力良し、色気良し！）

あたしは、せっせと《LOVE♡ノート》にメモを重ねた。

その時、ふいに風が吹いて、秋香さんの長い髪がふわりと揺れた。風に乗って、上品でさり気ない甘い香りが漂ってくる。

（香り良し！）

教室に戻ると、アオちんが光速でスマホをポチポチといじってこう教えてくれた。

「インスタのフォロワー十万人。あ、すげぇ、ウィキのページもあるよ」

「知名度良し！」

多すぎて長所を書きこむスペースが足りないんですけど。……いや、めげるもんか！

その日の昼休みにアオちんや虎竹と一緒になってランチに誘ってみると、秋香さんは快《こころよ》く承諾《しょうだく》してくれた。実は一緒にランチの予約待ちの男子たちで列ができてたけど、アオちんが駆逐してくれたのだ。

「お昼、誘ってくれてありがとね」

そんなこんなも知らず、秋香さんは笑顔であたしたちにお礼を言ってくれた。

「いえー、全然ですぅ」

秋香さんは、『いただきます』と言って、家から持ってきたらしい可愛《かわい》らしいお弁当箱を開いた。彩《いろど》り豊かでヨダレが出てくるような美味《おい》しそうなおかずがずらりとお弁当箱に並び、しかもそのサイズはあたしのお弁当箱の半分以下の大きさだった。

（料理良し、燃費良し！）

あまりに完璧《かんぺき》すぎる女子力の持ち主の秋香さんに、あたしはついつい悔《くや》しくて持っていたジュースのパックを握り潰した。その途端、ジュースがぶはっと溢《あふ》れて、あたしは顔中がジュースまみれになってしまった。

「ふわあああっ!?」

「ちょ、なにやってんだ、バカ」

虎竹が慌てて立ち上がっておろおろしてる横で、秋香さんは心配そうに鞄《かばん》を開いてハンカチを出してくれた。そして、あたしの顔を優しく拭いてくれる。

「ちょっと、大丈夫？　わあぁ……」

本当に心配そうに、秋香さんがあたしの顔を覗《のぞ》き込んだ。

(……気遣い良し！　なにこのパーフェクトウーマン!?)

激しい動揺《どうよう》のあまり、思わず白目を剝《む》いてちょっと前に流行《はや》った芸人のダンスを真似《まね》して、あたしはカクッと首を傾《かし》げた。

それから、あたしはふと、秋香さんがハンカチをしまうために開いた鞄の中を見た。そこには、お洒落《しゃれ》なキーケースが入っていて、見覚えのあるペンギンのキーホルダーがぶら下がっていた。

「!?」

あたしは、死にそうになりながら、秋香さんに対して搾《しぼ》り出すようにしてこう言った。

「……あっ、そのペンギン……」

「え？　あ……、これ？　友達とお揃《そろ》いなの」

嬉しげに、秋香さんが微笑《ほほえ》んだ。ニヤニヤとしながら、アオちんがすっと親指を立てた。

「友達と言いつつぅ、これスか？」

「指立てんな」

だから、アオちんはいつの世代の人なの!?　あたしがそう思っていると、どこか恥ずかしそうに秋香さんが笑い声を立てた。

「バレたか」

「マジすか!?」

「ふふ、初恋の人との思い出が詰まってるんだ」

優しく微笑んだまま、思い出をたどるような顔で、秋香さんが頷いた。

は、は、初恋ですとぉ!?

あたしは――、真っ青になったまま白目を剥いて固まった。


我慢できずに、あたしは猛ダッシュで数学準備室へ叫びながら駆け込んだ。

「嘘つきぃ!!!」

「はい?」

あたしのテンションとは裏腹に、弘光先生は今日も動じない。あたしは、噛《か》み付くようにして弘光先生に詰め寄って、こう叫んだ。

「大事そうに持ってらっしゃいましたよ、ペンギン」

『またその話か』って顔で、弘光先生は肩をすくめた。あたしは、嫉妬《しっと》と焦りでどうしようもなくなって、弘光先生にこう言い募《つの》った。

「てか、ピアノコンサートで秋香先生が言ってた人って、弘光先生のことだったんですね!?」

「……」

「やっぱり秋香先生って、弘光先生の……」

「そういうんじゃないって言いませんでしたっけ」

「だって！　秋香先生は、初恋の人とお揃いって言ってましたよ!?」

納得できなくてあたしがそう叫ぶと、弘光先生は平然とした顔のままでこう言った。

「じゃあ、それでいいですよ」

「え!?」

弘光先生に言われた言葉が信じられなくて、あたしは息を呑《の》んだ。弘光先生は、あたしを見つめて、冷静な声でこう言った。

「俺の言ったこと信じないなら、勝手に勘ぐればいいです。それと、怒ったり当たり散らしたりするのは、やめてもらっていいですか」

弘光先生の冷たい声に、あたしは固まってしまった。

少しだけ近づいたと思っていた距離が、地平線より遠のいた気がした。我慢できなくて、いっぱい騒いでしまったし、弘光先生にたくさん文句を言ってしまった。でも、それは弘光先生を好きだからで――。でも、あたしって……、弘光先生にとって迷惑な存在になっちゃったのかな。

あたしが黙り込んだまま固まっていると、ふいに数学準備室のドアが開いた。入ってきたのは――秋香さんだった。

「ユキちゃん、おまたせ……」

「！」

驚いて、あたしは秋香さんの顔を見た。秋香さんは、やっぱり優しい穏やかな笑顔を浮かべていて、キラキラ輝いていて、とても美人だった。

「あっ……、お取り込み中？」

「いえ、もう終わりました」

弘光先生が、あっさりと秋香さんにそう答える。

「!?」

もう出てけってことか……。あたしは、傷ついた気持ちを抱えながら、数学準備室のドアへと向かった。でも、どうしてもこのまま帰るなんてできなくて、あたしは気が付いたらこうつぶやいていた。

「……しょうがないじゃないですか」

「なに？」

驚いて目を上げた弘光先生に、あたしは怒りながらこう叫んだ。

「しょうがないじゃないですかっ、先生が好きなんだから！」

「!?」

そりゃ、弘光先生をあたしが好きなのはあたしの勝手だし、一度告白めいた展開になって盛大に振られたわけだけど、諦めないって宣言したもん！　その気持ちは……、今この瞬間だって、少しも変わってないんだから。

だから、あたしは、気持ちのままに弘光先生にぶつかった。

「こんな綺麗《きれい》な幼馴染《おさななじみ》が現れたら、勘ぐるに決まってるじゃないですか！　不安で怖くてイラつくに決まってるじゃないですか、好きなんだから！」

「さまるん、落ちついて」

困ったように弘光先生が、あたしにそう言う。あたしは、さらに怒って、半泣きになりながらこう言った。

「落ちつけるわけないでしょ！　こちとら先生が大大大好きで、ずっと胸ボンババぼんななんです！」

制服の胸元に手を思いっきり突っ込んでアオちん直伝の胸ボンババぼんを再現すると、

弘光先生は宥《なだ》めるようにこう言った。

「わかった。わかったから」

弘光先生にとっては、片想いされるなんて慣れっこで、『またか』って感じだろうけど、あたしにとっては、一世一代の恋なんだ。

……そう思ったけど、秋香さんもいる前で取り乱しすぎたせいもあってか、急に恥ずかしくなって、あたしは弘光先生に向かって思いっきり頭を下げた。

「ってなわけで……、失礼しやした！」

呆気《あっけ》に取られている弘光先生と秋香さんを置いて、あたしは数学準備室を飛び出した。

「うっ、ううっ……！」

勝手に片想いして勝手に嫉妬で爆発して感情ぶつけて、弘光先生の気持ちも考えずに、……あたしはなんてダメなやつなんだろう。これじゃ、恋愛バンビって言われたって言い返せないよ。

……でも、駆け引きなんてできない。そんなことする余裕、全然ない。弘光先生を好きすぎて、押したり引いたりなんて考えられないよ。これまで経験したことがないくらい、あたしはいつの間にか弘光先生を好きになっていたんだ。

あたしは、何度も何度も滲《にじ》んでくる涙を拭いた。

＊＊＊

あゆはが去ったあとで、秋香がどこか羨《うらや》ましいような目をしながら、微笑《ほほえ》ましいのか、くすりと笑ってこうつぶやいた。

「すごい、熱烈なアプローチだね」

けれど、今の弘光には秋香に答えることができず、ただあゆはの姿を見送っていた。

「……」

黙ってあゆはが消えた方を眺めている弘光を、秋香は驚いたように見つめた。

「……」

＊＊＊

その日の夜――。
あたしは、目を真っ赤に腫《は》らして泣きながら、行きつけのすき家に居座っていた。学校帰りから夜になるまでずっと、店の一角を占領している。

何度目かもうわからないお替わりの注文をしたあたしに、すき家の店員たちも同情顔で、『うちの店は時間制です』なんてとても言えない空気になっている。あたしは、一人でずっと胸のボンババぼんをやり続けていた。ボンババぼんしすぎて……、爆発しちゃったよ……。自爆、超自爆。

「やりすぎたぁ……っ」

もう今日は二十四時間営業のこの店に泊まってやるつもりで、あたしは大盛り牛丼を掻《か》き込んだ。すると、突然、

「すいません。ねぎ玉牛丼、ねぎ多めで」

聞き慣れたオーダーの声に顔を上げると——、隣にはいつの間にか弘光先生が座っていた。

「……っ!?」

目を見開いて固まっているあたしの隣で、弘光先生が注文を続ける。

「サイズはどうなさいますか」

「ミニで」

「ありがとうございます」

注文し終わると、弘光先生があたしの顔を見つめてきた。あたしは、思わず小さく頭を

下げた。

「ども」

「どうも」

「ミニ？」

「はい」

そんな無意味な会話をして、あたしたちは、なぜだかそのまま牛丼をご一緒することになった。わけもわからないまま、あたしは弘光先生の横で最後の牛丼大盛りを食べ終えた。

お会計のあとで、帰り道が一緒なのもあって、沈黙したままあたしは並んで歩くことになった。外の街は、とっぷりと夜が更けていた。

弘光先生は、いったいなにを考えているんだろう……。

あたしたちは、ただ黙って夜の街を歩いた。

＊＊＊

——あゆはと一緒にすき家から帰りながら、弘光はただ街を照らすイルミネーションを見つめていた。

少し考えてから、弘光は、隣を歩くあゆはに向かってふとこうつぶやいた。

「……俺ね、誕生日に算数ドリル欲しがる子供でさ」

「へ？」

驚いたように、あゆはが弘光を見上げる。弘光は、かまわずにこう続けた。

「学校の奴らからはもちろん、まわりにも変な子扱いされて。……そんな俺を、唯一笑わなかったのが、秋香」

思い出の中で、秋香が、『一緒に帰ろう！』と嬉しげに声をかけてくる姿がよぎった。

弘光は、秋香のピアノ演奏が昔から誰より好きで、いつもそばで耳を傾けながら、数学を勉強していた。だから。

「秋香は、俺の世界を広げてくれた」

いつの間にか足を止めて、弘光は自分と秋香の過去のことを話していた。

高校生になっても弘光と秋香は幼馴染の関係のまま、変わりなく仲がよく、『Over Drive』などの曲が収録されたジュディマリのアルバムをひとつのイヤホンで聴き合ったりして――。

「俺も俺なりに頑張って」

なにより好きな数学に関しては、誰にも負けない自信もついた。

「けど、先に夢に近づいたのはやっぱり秋香で」

秋香は、音楽留学のために日本を去ることになった。秋香の音楽は、あの頃から抜きん出ていて、今も変わらずに輝いている。

「あのペンギンは、見送りの時に買い合った」

その後、弘光も秋香と同じフランスへ、より高度な数学を学びに留学することになった。お互いに、同じ国でまた夢を追うようになった。

「弱気になった時に、お互いを思い出せるように」

……同じペンギンのキーホルダーを、お守りのようにいつも身に着けてた。フランスの大学の最高の環境で、朝から晩まで数学を学んだ。その頃の弘光にとっては、それが楽しくてたまらなかった。しかし、それも長くは続かなかった。

「まぁ、結局俺は、自分の限界を知るのが怖くなって、逃げ出して……」

日本に帰って、ペンギンのキーホルダーをたくさんのトロフィーや長年追い続けてきた夢と一緒に部屋の片隅にしまい込んだのだった。

＊＊＊

どこか寂しげに話す弘光先生の表情は、あたしが今まで見たことがないものだった。ただただ驚いて、あたしは弘光先生の過去の話を聞いていた。

好きなものを追いかけるのって、楽しいことじゃないの？　……最初はそう思ったけれど、すぐに違うとあたしにもわかった。

あたしは、弘光先生が好きだ。最初は、弘光先生を好きでいることが、楽しくてしょうがなかった。けど、月日が重なって、弘光先生との距離が縮まるうちに、どんどん弘光先生を好きな気持ちが大きくなって、押し潰されそうになっている。だけど、好きな気持ちはちっとも変わらなくて……。

弘光先生を好きで好きで仕方ないのに、それが嬉しいのに、……今も苦しい。本当になにかを好きになるって、そういうことなんだ。

黙っているあたしに、弘光先生はこう言った。

「そんな俺を心配して、アイツは日本に帰って来た」

「……」

「秋香は、そんな優しくて強くて大切な幼馴染です」

「なんで、あたしにそんな話……」

弘光先生にそう聞いてみると、弘光先生は、いつもの平然とした顔をして、ともなげにこう答えた。

「……あんなまっすぐぶつかられたら、ちゃんと話すのが筋でしょ」

「……先生」

「アイツも安心したんじゃないかな。俺が、案外教師楽しんでるってわかって」

肩をすくめた弘光先生の言葉に驚いて、あたしは思わず声を上げた。

「え、先生、楽しんでたんですか!?」

「まぁ、思ってたより退屈しないし」

「え、そ、それってあたしのおかげですか?」

「……調子に乗らない。はい」

「ですよねぇ～」

弘光先生の突っ込みに、あたしは笑顔で頷《うなず》いた。

……とても大事な話を弘光先生があたしに打ち明けてくれたことが、とても嬉しかった。

嬉しすぎて、今夜は眠れなさそうだよ。

さっきまですき家の店員に同情されるくらいに泣いていたのに、ケロッと笑顔になって、あたしは弘光先生と夜の道を並んで歩いた。

14

そして――。

とうとう、芸術祭当日がやってきた。

早朝から高校中が浮き足だって、どのクラスもみんな最後の準備に追われていた。校門前では、『桃高《とうこう》芸術祭でーす』と叫んで、生徒たちがチラシ配りを頑張っている。

うちのクラスでは、アオちゃんの仕切りで最後の発声練習に臨《のぞ》んでいる。

「はい、ではもう一回最初から！」

アオちんがそう言うと、みんなが頷いた。

クラスメイトたちを尻目に、あたしは《LOVE♡ノート》を開いた。

「プロジェクションマッピングは十八時からだから、十七時半に先生を呼び出す」

クラスメイトの百倍……、いや、千倍は練習して、あたしの合唱パートは完璧《かんぺき》だ。だからこその、この計画である。

すると、《LOVE♡ノート》を横から覗《のぞ》き込んだ虎竹が、呆《あき》れたようにこう突っ込んだ。

「まだあきらめてなかったのか、伝説」

「せめて一緒に観たいからさ！　まぁ、隙《すき》があればブチューッとぶちかますけどねー」

それで弘光先生との永遠が手に入るんなら、なんでもやってやる！　あたしが力強くそう宣言すると、どこか焦ったように、虎竹があたしを止めるようにしてこう言った。

「……そんなキスでも嬉しいのかよ」

「もう、攻めて攻めて攻めまくるよぉ！」

気合いを入れるためにあたしがさらなる綿密な計画を立て出すと、虎竹は驚いたようにこう言ってきた。

「あいつ、絶対嫌がるだろ。まわりの目もあるし」

「ちゃ～んと考えてあります！　そこのところは」

　あたしが得意げにドヤ顔をすると、ちょうどその時、合唱練習の方に混ざっていたアオちんがこっちに寄ってきて、珍しく心配そうにこう言った。

「なぁなぁ……、もう一回練習した方がよくね？」

「じゃあ、あたし、先生呼んでくる！」

　即座に立ち上がって、あたしは職員室へと走った。

　弘光先生に少しでもたくさん会いたいのもあるけど、それ以上に今日の合唱コンクールも大切だ。今日まで弘光先生も一緒にクラスみんなで頑張ってきたんだもん。絶対成功させなきゃ!!

　虎竹が、なぜだか少し心配そうな顔をしていたけれど、あたしはそれどころじゃなくて、ちっとも気が付かなかった。


「失礼しまーす」

　職員室にたどり着いて、中に入ってみると、あたしは首を傾《かし》げた。

「弘光先生が……、いない……？」

いや、いた。弘光先生は職員室の黒板の前にいて、なぜだかまわりにたくさんの教師たちがわらわらと集まっていた。

他の教師たちの視線の中で弘光先生が黒板の前に立って、弘光先生はあたしにはよくわからない難しい数式をつらつらと書き連ねていた。弘光先生は、今まで見たことがないくらいに真剣な表情をしている。

「プロジェクターが、一台壊れちゃったんだって」

職員室に忍び込んだあたしに気が付いた秋香さんが、そう教えてくれた。あたしは驚いて秋香さんを見た。

「じゃあ、プロジェクションマッピングできなくなっちゃうんですか!?」

「今あるプロジェクターでできるように計算してるの。ユキちゃんの得意分野だから」

「へぇ……」

脇目も振らずに黒板に数式を書いて考え込んでいる弘光先生の姿に、あたしは目を奪われていた。格好良いからだけじゃない。弘光先生が、芸術祭を成功させるために――あたしたち生徒のために、あそこまで真剣になってくれているのが嬉しかったからだ。

すると、一緒に立っていた秋香さんが、つぶやくようにこう言った。

「……すごかったよねぇ、昨日の佐丸ちゃん」

ふいに昨日の醜態《しゅうたい》が思い出されて、あたしは真っ赤になって焦った。

「あれは!?　ちょっとやりすぎましたぁ……」

「ううん、格好良かった」

「いや、いやぁ……」

あたしが照れ笑いをしていると、秋香さんはこう言った。

「奇跡が起きるとしたら、きっとそれは行動を起こした人に起きるんだろうなって思う」

なにか物思いに耽《ふけ》るように──過去を後悔《こうかい》するように、秋香さんが寂しげにそう言った。

あたしは、そんな秋香さんの気持ちに気付かずに、うんうんと頷いた。

秋香さんは、やがて意を決したように、あたしの目をまっすぐに見つめた。

「……わたしも、ユキちゃんが好き」

「……え？」

そんな……。やっぱりそうだったんだ。

そうだろうとは思ってたけど、実際に本人から聞いてみると複雑だった。……でも、あたしも弘光先生に生徒としてじゃなくて、一人の女として見てもらいたいって思ってるんだもん。あたしも、秋香さんのこと、先生じゃなくて、一人の女の人として見なきゃダメだ。

「彼を幸せにしたい……。こんなこと言われても困るだろうけど、自分に素直になれたのは、佐丸ちゃんのおかげだから」

「おかげっ……?」

困惑しながらそう答えると、秋香さんもあたしと同じように複雑そうな顔をして、こう教えてくれた。

「ユキちゃんが書いてた論文、フィールズ賞も夢じゃないって言われてたんだよ。わたし、ユキちゃんをフランスへ連れて帰る……。彼にふさわしい場所に」

「困りますっ」

思わずあたしがそう言うと、秋香さんは、悲しそうにあたしを見た。

「……困るのは佐丸ちゃんだけだよね?」

「!?」

そ、それは……。そう、なのかな。あたしには、弘光先生の存在がどうしても必要だけど……。弘光先生にとっては、今いるこの場所は、もしかしたら絶対に必要ってわけじゃないのかもしれない。

だって、弘光先生は、数学が大好きで、でも好きすぎて怖くなって逃げ出したって、言ってたから……。

誰よりも弘光先生を思っている秋香さんは、あたしに小さな声でこう言った。

「自分が苦しいからって、相手の幸せ邪魔していいのかな」

「！」

あたしは、秋香さんの目をまじまじと見つめた。秋香さんは、あたしと違って、恋のライバルを蹴落《けお》としてやろうとか、そんな浅はかな考えじゃなくて、本当に弘光先生を思って動いているんだ。じゃあ、あたしはどうなんだろう。あたしは、弘光先生のために、どうすべきなんだろう……？

あたしが黙り込んでいると、黒板から顔を上げた弘光先生が、ふいにこう言った。

「できました」

「おお、さすが」

「校舎の中心から左右に18・17メートルずつ、校舎から40・96メートル離して設置してください」

弘光先生がプロジェクターをどう配置すれば足りない一台の分をカバーできるか説明し始めて、集まっていた教員たちは安心したような顔になった。

「はい、わかりました」

「ありがとうございます」

口々にお礼を言われ、弘光先生はこう答えた。

「お願いします」

「じゃあさっそく行きましょう」

みんな弘光先生を労《ねぎら》って、自分の持ち場へと去っていく。

固まっているあたしを置いて、秋香さんはそっと弘光先生のそばへと歩み寄っていった。

「……その顔」

秋香さんが、弘光先生を見て微笑《ほほえ》む。

「?」

「ユキちゃんのその顔、好き……。ふふ」

秋香さんは、弘光先生が数学を頑張ってるところを見るのが、本当に嬉しそうだった。

どうして秋香さんが笑ったのかわからないのか、弘光先生が首を傾げた。

「え?」

「ううん……」

秋香さんは、そう言って首を振った。

弘光先生は、ごく自然に秋香さんと肩を並べている。見つめ合っている二人があまりにお似合いのカップルに見えて、あたしは耐えられなくなって職員室を飛び出した。

「……っ」

胸には、弘光先生との出逢《であ》いからの日々を綴《つづ》った《LOVE♡ノート》を抱えていた。

だけど、今は秋香さんの言葉や悲しそうな表情が胸に突き刺さって、このお手製恋のバイブルすらもあたしを支えてくれそうになかった……。


教室に戻って、あたしはぼんやりとしたままアオちんが仕切る発声練習に加わっていた。

みんなを盛り上げようと、アオちんが最後に声を上げた。

「よし、みんな！　優勝目指して頑張るぞ!!」

「「「おー!!!」」」

みんなが手を叩いて盛り上がる中で沈み込んでいるあたしを心配したように、虎竹が声をかけてきてくれた。

「どうした？」

なんとか笑顔を作って、あたしは虎竹にこう答えた。

「なんか緊張しちゃって」

合唱コンクールを成功させるために、今日まで頑張ってきたんだもん。虎竹だって、最初は嫌々だったけど、最後まで一緒に実行委員をやり通してくれた。ここまで来て、あたしが落ち込んで合唱コンクールを失敗させることなんて、絶対にできない。

そう思っていると、弘光先生と秋香さんが揃《そろ》って教室に入ってきた。

「全員揃ってますね」

弘光先生のその言葉に顔を上げて、あたしは秋香さんを見つめた。

「……」

秋香さんは、今日も相変わらず綺麗《きれい》だ。それでいて、自分勝手にならずに、弘光先生にとってなにが幸せかいつでも考えている。……とても素敵な女性だ。

クラスを見渡して、弘光先生が真剣な顔をしている。アオちんが、口調だけは茶化すように、でも真面目《まじめ》に弘光先生にこう言った。

「先生、なんか一言おなしゃす！」

アオちんのリクエストを受けて、弘光先生は頷《うなず》き、そっと話し始めた。

「……はい。楽譜は、音楽を奏でるための数式です。みなさんが美しいハーモニーを奏でられるのは、その数式を頭に叩き込んだから……。だから」

「先生」

アオちんが、茶々を入れるようにそう声をかけた。

「はい？」

「本当に数学好きすぎぃ」

アオちんが、弘光先生にそう声をかけた。あたしは、驚いてアオちんと弘光先生を見た。

「！」

弘光先生も、驚いたような顔をしている。

そうだよ……。弘光先生は、本当に数学を好きなんだよ。それに、数学も弘光先生を好きだと思う。だって、すごい賞を獲《と》れそうなくらい、弘光先生には数学の才能があるんだもん。それって、両想いだよ。

最初はちっとも先生らしくなかったはずの弘光先生が、今はすっかり先生と呼ばれることに馴染《なじ》んでいる。弘光先生は、いい先生だ。弘光先生を好きだからとかではなく、素直にそう思う。

でも、もし、弘光先生にとって、もっと必要で、必要とされる場所があるなら――……。

クラスメイトたちがアオちんの弘光先生いじりに笑う中、あたしだけは笑えなくて、ただ黙っていた。秋香さんも簡単には笑えないようで、あたしを黙って見つめていた。

「……」

生徒たちを見渡して、弘光先生がこう言った。

「ではみなさん、今日は楽しみましょう」

「「「はい！」」」

――やがて、合唱コンクールが始まった。

順番がまわってきて、あたしたちは、弘光先生と一緒に壇上《だんじょう》へと上がった。体育館の中は、お客さんでいっぱいだった。

体育館に、静かにアナウンスが流れた。

「次は、二年C組の発表です。曲は、オーバードライブ」

弘光先生が指揮する、散々練習した『Over Drive』を歌いながら、気が付けば、涙が流れそうになった。

（嫌だ……。先生に会えなくなるなんて、遠くに行っちゃうなんて）

《LOVE♡ノート》よりもずっと深く胸に刻まれている、弘光先生と出逢ってからの日々が思い出された。

最初の出逢いは、本当に王子様みたいだった。すき家でお金がないあたしを助けて、さらっと会計を済ませてくれて――その王子様が弘光先生で、うちのクラスに入ってきた時は、もっともっとビックリした。

（……絶対、絶対嫌なのに）

小林に池に突き落とされた時も、助けに現れてくれた。そして、あたしに手を伸ばしてくれたんだ。

金八の物真似《ものまね》をしたら、初めて弘光先生の屈託のない笑顔が見れた。雨の中、車に向かって肩を寄せ合って一緒に走った時もあったな。あの時は、すごくドキドキした。弘光先生の家で後ろから抱きしめられたと勘違いしたり、頭をぽんぽんって撫《な》でられたり、合唱曲探しの時は、思いっきり頬を両手で挟まれたんだっけ。

それから、『Over Drive』を一緒に車で聴きながら送ってもらって、たくさんお喋《しゃべ》りして、帰り際に抱きしめられたってぬか喜びした時もあった。

……ほとんど勘違いばっかりで、距離なんて本当はちっとも縮まってなかったのかもしれない。でも、あたしにとっては、弘光先生とすごした時間は、キラキラして宝物みたいに輝いてるんだよ。

だけど……、一番覚えてるのは、数学を教えてくれている時の弘光先生の真剣な横顔だった。あの顔が一番、格好良かった。一番、忘れられない。

それから、今日黒板の前に立って、数学の難しい問題を解くみたいに真剣に数式を書いている弘光先生も。ふとした瞬間の優しい表情も、なにもかも、大好きだ。

『まぁ、結局俺は、自分の限界を知るのが怖くなって、逃げ出して……。そんな俺を心配して、アイツは日本に帰ってきた』

夜の街を一緒に歩きながら、弘光先生がそう言ってた。秋香さんの声が、その返事みたいに耳の中でこだまする。

『ユキちゃんをフランスへ連れて帰る。彼にふさわしい場所に。……いいのかな。自分が苦しいからって、相手の幸せ邪魔して』

――離れたくない。もっともっと、あたしの知らない弘光先生をたくさん知っていきたいよ。弘光先生がいなくなるなんて、考えられないよ。

「……」

心配そうな顔で弘光先生が見てくれているのはわかったけど、涙を我慢することはできなかった。誰よりも誰よりも練習したはずの『Over Drive』の一番大事な歌詞が――サビのところが喉に引っかかる。

気が付いたら、あたしは、泣きながらみんなと一緒に『Over Drive』を歌っていた。

「愛しい日々も恋も優しい歌も　泡《あわ》のように消えてくけど　あぁ今は痛みとひきかえに歌う風のように……」

キラキラした時間が、本当に泡《あわ》のように消えていく。嗚咽《おえつ》が我慢できなくて、手を口元に当ててなんとか呑《の》み込む。アオちんや虎竹もあたしの様子に気が付いてくれたけど、……もう止められなかった。でも、それでもあたしは、最後の節を一生懸命誰よりも大きな声で歌った。

「走る雲の影を飛び越えるわ　夏の日差し追いかけて　あぁ夢はいつまでも覚めない　歌う風のように……」

余韻《よいん》を残して曲が終わって、体育館中からたくさんの拍手が沸き起こった。弘光先生が一瞬あたしの方を見てくれた気がしたけど、目を合わせることはできなかった。

弘光先生が客席に向かって、礼をしている。あたしはその隙に、みんなの間を通り抜けて、体育館から逃げ出した。

「……」

心配そうな秋香さんとも目が合いかけたけど、あたしはそのままうつむいて走り去った。

教室に向かっているあたしを、虎竹が追いかけてきてくれた。虎竹に強引に手を掴《つか》まれて、驚いてると、どこか怒ったように虎竹がこう言った。

「……また、あいつになにかされたのか？　もう嫌なんだよ……。お前が、あいつのせいで落ち込んだり、泣きそうになってんの見るのは」

めずらしくあたしの行動に呆《あき》れもせずに真剣に心配してくれている虎竹に、あたしは目を瞬いた。

「……虎竹……」

虎竹は、まっすぐにあたしを見つめてこう言った。

「……けど、このままメソメソ逃げ出すお前を見るのは、もっと嫌だ！」

「！」

いつも、虎竹はあたしの一番近くにいて、あたしのことをよくわかってくれていた。昔からずっとそうだった。その虎竹の瞳が、『いつでも応援してる』とあたしに言ってくれてる気がする。虎竹に背中を押されて、あたしは歯を食いしばった。

泣いて、逃げるだけじゃダメだ。……でも。あたしが、したいことって……。

もうすぐ、密かに計画を立てていたプロジェクションマッピングのショーが始まる時間だ。学校中が、芸術祭のクライマックスを待ってわくわくとした期待感に包まれている。

あたしは、誰よりも今夜のプロジェクションマッピングのショーを楽しみにしてきた。そう思う。だけど……。

あたしの足は、弘光先生のもとへは向かわなかった。

「まもなく十八時より、後夜祭のメインイベント、プロジェクションマッピングを本校中庭にて上映いたします。今年のテーマは、愛と夢……」

校内に流れるアナウンスを聞きながら、あたしは、虎竹と別れて、いつも弘光先生と会っていた数学準備室に来た。

《LOVE♡ノート》は、弘光先生のことで溢《あふ》れていた。ノートと向かい合いながら、あたしは一生懸命考えた。

「……」

気持ちが決まって、あたしは《LOVE♡ノート》の最後のページに自分のすべてを書き込むことにした。

15

＊＊＊

いつの間にか日が暮れ、空はすっかり真っ暗になっていた。

その時弘光は、誰も彼もが浮かれて騒がしい校内を駆けていた。たった一人……、あゆはの姿を探して。

あゆはは、合唱コンクールで歌いながら泣いていた。いつも明るかったあゆはの、あんな表情は初めて見た。今はただ、あゆはのことが心配だった。

「――プロジェクションマッピング中のカメラ、携帯でのフラッシュ撮影は、ご遠慮《えんりょ》いただきますようご協力をお願いいたします。最後まで桃高芸術祭をお楽しみください……」

芸術祭も佳境《かきょう》に入り、とうとう後夜祭の時間が近づいてきた。伝説認定されているプロジェクションマッピングを見ようと、校内の生徒たちがみんな続々と集まってくる。きっと、あゆはも学校のどこかでこの放送を聞いているはずだ。

しかし――どこにもあゆはの姿はなかった。

彼氏と二人で伝説を実行しているあゆはの親友を見つけ、弘光はこう声をかけた。

「あの、さまるん、見ませんでした？」

「伝説実行スか」

ニヤニヤとそう突っ込まれたが、『いや』と答えて、弘光は動じずに踵《きびす》を返してあゆはを探しに去った。

「……さまるんさんに幸《さち》あれ」

あゆはの親友の彼氏にそんな声を背中にかけられながら、弘光はあゆはの姿を探して走った。

あゆはを探して校内をまわっていると、ふいに誰かが弘光の肩を叩いた。

「！」

振り返ると、そこにはあゆはではなく――秋香が立っていた。

「……ああ、秋香」

その瞬間、一瞬校内が暗くなって、明るい音楽と一緒にプロジェクションマッピングの上映が始まった。わあっと大きな歓声に包まれて、色とりどりのプロジェクションマッピングが続いていく。秋香は、自分の高校時代を思い出すようにまわりを見まわしてこう言った。

「すごい盛り上がりだねえ……。知ってる？　後夜祭の伝説っていうのがあるんだって」

いつものように穏やかに微笑《ほほえ》みながら、秋香がそう言う。けれど、弘光はプロジェクションマッピングはもう見ていなかった。校舎の中を見つめ、なにかを思案している。

「……ユキちゃん」

「ごめん、あとでいいかな」

そう言って弘光が立ち去ろうとすると、秋香が追いかけてきてその手を握った。秋香は、どこか苦しそうな表情で、首を振った。

「ダメ」

「！」

「ねぇ、逃げないで。わたしを見てよ」

切実な声で、秋香が弘光にそう言った。弘光は、秋香のまっすぐな瞳を見つめ返して、少し黙った。それから口を開くと、こう言った。

「……逃げちゃ、ダメだよな。この気持ちから」

「！」

わずかな期待に、秋香の瞳がぱっと見開かれる。秋香から視線を逸《そ》らし、まるで誰かを心に思い浮かべるようにして、弘光はその想いに真剣に答えた。

「……目が……、離せない奴がいるんだ」

「!?　それって……」

驚いている秋香が、そう尋ねてくる。秋香も、どこかで予感していたのかもしれない。

弘光は頷《うなず》き、こう続けた。

「この気持ちに、向き合うって決めたから」

無言でそっと弘光の手を離し、秋香は寂しそうに頷いた。

秋香に対して、弘光は頭を下げた。

「……ごめん」

それから、弘光はなにかに気が付いたように走り去っていった。あとには、プロジェクションマッピングの盛大な光と音楽の中に残された秋香が、ただ一人深いため息を吐いていた。

＊＊＊

数学準備室であたしが一人でぼんやり立ちつくしていると、ふいにドアが開いた。ハッとして顔を上げると、そこには弘光先生が立っていた。

「……なにしてるの、そんなところで」

数学準備室の窓からは、プロジェクションマッピングの光がバッチリ見えている。事前に計算していた通りだ。あたしは、弘光先生のことになると、途端に頭が冴えるようになるんだ。

あたしは、真剣な表情をしている弘光先生にこう言った。

「実は計画してたんです。ここに先生を呼び出せば、二人っきりで見られるかなって」

「俺、呼び出されてないけど」

「……ちょっと事情が変わりまして」

なんとか笑顔を作ってそう言うと、弘光先生が、どこかあらたまった様子でこう切り出してきた。

「……あのさ、さまるん。落とせるものなら落としてみなよって言ったけど……。自分でも信じられないんだけど、俺ね……」

弘光先生がなにを言おうとしているのかはわからない。でも、あたしは先に、自分の気持ちを言うことにした。……でないと、迷ってしまいそうだから。

「先生、大好き」

「今、俺が喋《しゃべ》ってるんだけど」

「生まれて初めて、人を好きになるって素敵だなと思いました！」

「俺の話聞いてる？」

「けどあたし、もう終わりにします」

秋香さんみたいに綺麗《きれい》には笑えないけど、なるべく元気な笑顔で、あたしはそう言った。

驚いたように、弘光先生があたしを見た。

その時だった。

あんなに楽しみにしていたプロジェクションマッピングの上映がクライマックスを迎え、外の中庭から大きな歓声と拍手が沸き起こった。キラキラとした光が一層鮮やかになって、あたしと弘光先生を包んでいる。

この歓声と光なら、もう涙が出そうになってもバレないかもしれない。半泣きになりながら、それでも声だけは元気に、あたしは弘光先生にこう言った。

「ちょっと、数学的に考えてみたんです」

「……」

「あたしは、楽しい恋愛がしたい。先生と付き合っても、きっと我慢ばかり。つまり先生とは付き合えない……。ほら、三段論法成立です」

そもそも——こんなに素敵な弘光先生と付き合えるわけなかったんだ。だって、ちっとも釣り合ってない。外見とかスペックだけじゃなくて、あたしは秋香さんに負けていた。秋香さんは、なによりも先に弘光先生の幸せを考えたのに、あたしって奴は——……。

今この瞬間まで来なきゃ、覚悟を決めることさえできなかった。

弘光先生が数学を大好きだってこと、誰より近くで見てたはずなのに。

あたしの言葉に、困惑したように弘光先生がこう言った。

「なに、言ってるの」

「先生は音楽が好き。秋香先生も音楽が好き。つまり二人はお似合い……。また成立！」

「またその話蒸し返す？」

でも、今は、本当にそう思うから……。

あぁ、あたしって、ほんとバカ。

バカすぎてバカすぎて……、弘光先生にも、自分の気持ちを押し付けてばかりで。でも、そんなあたしでも、好きな人の好きなことだけは、邪魔したくないよ。だって、弘光先生は、あたしの『好き』を、邪魔にしないで、邪険にしないで、受け止めてくれた。そんな人、生まれて初めてだった。

弘光先生にとってはなんでもないことだったかもしれないけど、そんな毎日が、あたしには宝物みたいだった。

「なんか、冷めちゃったんです……。先生が、夢を途中で逃げ出すような人だって知って……。先生こそ漫然と生きるの、やめたら!?　……です」

「!?」

驚いたように、弘光先生があたしを見つめている。プロジェクションマッピングの上映がついに終わって、外は真っ暗になった。あたしは、覚悟を決めて両手を握りしめてから、弘光先生にとびきり明るい笑顔でこう言った。

「……ぶっちゃけると先生、『先生』向いてないと思います！　フランスに帰るべきです！」

「……」

最悪。あたし、弘光先生を傷つけた。でも……、それでも、弘光先生には、自分の『好き』と向かい合って欲しい。幸せになって欲しい。だから。

「今までしつこくしてすみませんでした」

「さまるん……」

そう名前を呼ばれたけれど、勢いよく頭を下げて、あたしはそのまま数学準備室から走り去った。弘光先生は、ただ黙ってあたしが去っていくのを見つめていた。

「……」

焼却炉の前に立つと、もう我慢できなくなって、あたしはボロボロと大粒の涙を流した。本当の失恋って、……こんなにつらいんだ。今までも振られて惨《みじ》めで傷ついた気になってたけど、そんなの全然嘘だった。弘光先生の言う通り、楽して好きな人作って付き合おうって思ってただけだったんだ。弘光先生は、最初からあたしのことをお見通しだったんだね……。本当に好きな人に振られるって、こういうことをいうんだよ。今までの恋なんて、ただ恋に恋してただけの夢だった。

胸に大事に抱いている《LOVE♡ノート》も、これで最後の一冊だ。ここには、高校生活で一番大切な思い出が詰まっている。……でも。

メラメラと火が燃えている焼却炉を前に、《LOVE♡ノート》を握りしめたまま、あたしは固まっていた。

「……」

弘光先生の幸せを願ってる。その気持ちは変わらない。……でも、《LOVE♡ノート》を燃やすことだけは、どうしてもできなかった。

すると、項垂《うなだ》れているあたしの前に、虎竹が現れた。

「……虎竹」

「俺が捨てといてやる。……いいな?」

「……うん……」

虎竹に《LOVE♡ノート》を渡して、あたしは小さく頷いた。弘光先生への『好き』でいっぱいの《LOVE♡ノート》を捨てたら、……あたしには、なんにも残ってなかった。なんにもなくなったまま、あたしは、トボトボとその場を去った。

捨てる前にあゆはが全身全霊をかけて作り上げた《LOVE♡ノート》を見た虎竹は、黙って数学準備室へと向かっていた。

＊＊＊

「……」

数学準備室には、弘光が一人デスクに座っていた。数学準備室に入ると、驚いたように弘光が虎竹を見た。

「！」

弘光のことは、今でも好きじゃない。だが、それでも虎竹は弘光に向かい合った。あゆはのためにできることを探して——虎竹が見つけ出した答えが、これだった。虎竹は、あゆはの想いが——いや、あゆはのすべてが詰め込まれた《LOVE♡ノート》を、弘光に投げつけるようにして渡した。

「これ以上あゆはを苦しめるなら、いなくなってくれよ」

「……」

弘光は、無言でノートを見つめている。それ以上はなにも言わないと決めていた虎竹は、そのまま数学準備室を去った。

＊＊＊

虎竹の後ろ姿を見送り、一人になった弘光は、この高校に来てからのことをふと思い浮かべた。高校教師となって、それなりに忙しい日々をすごしてきたはずなのに、頭に思い浮かぶのは、……あゆはのことばかりだった。明るくてまっすぐなあゆはは、いつの間にか弘光の毎日にこんなにも深く入り込んでいたのだ。

そのあゆはが、一生懸命に大事にしていたノートが、ここにある。

弘光は、虎竹が残していったあゆはのノート――《LOVE♡ノート》を開いてみた。

最後のページには、《センセイに幸せでいてほしい　↓　センセイは数学をしている時幸せそう　↓　センセイはフランスに戻れば幸せ》と、あゆはの字で書かれていた。あゆはなりの、三段論法だ。

「……」

《LOVE♡ノート》をパラパラとさかのぼって捲《めく》り、弘光は、あゆはとの出逢《であ》いからの日々を思い返した。

——やがて、決意を固めた弘光は、誰もいない校長室に入ると、書いたばかりの退職届を机の上に置いた。

＊＊＊

芸術祭の次の日は、なぜだか少し寂しさが残った。

登校すると、たくさんの学園祭で出たゴミが焼却炉の前に山積みになっていた。あれだけ夢中になって準備して練習して、そして当日は最後まで頑張り切った。その大事な時間が終わってしまって、みんなもほっとしたようでいてどこか寂しそうな表情をしている。あたしも、みんなに混ざって小さなため息をついた。あたしの《ＬＯＶＥ♡ノート》も、あの焼却炉で燃えちゃったんだよね……。

あれでよかった、なんて強がりを思う一方で、やっぱり悲しくもある。でも、それでも今は、笑顔でいたかった。

その日にあった全体集会の朝礼で、あゆはは、合唱コンクール準優勝のトロフィーをクラス代表として受け取ることになった。

「合唱コンクール準優勝は、二年Ｃ組！」

「はいっ！」

明るくそう返事をしてから、壇上《だんじょう》でふと振り返ってクラスの列を見ると、詩乃や夏穂たちが、残念そうに噂《うわさ》していた。

「なんか寂しいよねぇ」

「だね。弘光先生も急に辞めちゃうし」

「秋香先生もいなくなっちゃうし……」

いつも元気な詩乃や夏穂が、ガックリしたように項垂れ合っている。朝会の時は私語をしてる人も少ないから、壇上のあたしにまで聞こえちゃったよ。詩乃と夏穂、あとで先生の誰かに怒られそうだな。弘光先生以外の先生に……。

「──感動したっ！　おめでとう!!」

校長の気合いの声と一緒に、トロフィーが授与される。

「ありがとうございますっ！」

元気いっぱいにそう答えて、あたしは笑顔でトロフィーを持った。そして、クラスの列に並んでいるアオちんたちクラスメイトに、思いっきり元気に手を振った。アオちんは、どこか複雑そうな切ない表情であたしを見返している。

「……」

教室に戻ってトロフィーを眺めていると、アオちんがすぐに駆け寄ってきてくれた。そして、あたしの顔を見るなり、ぐしゃぐしゃと力いっぱい頭を撫《な》でてくれた。

「?」

いつもと違うアオちんの表情に、あたしは首を傾《かし》げた。きょとんとしているあたしに向かって、ふいに、アオちんは叫ぶようにこう言った。

「さまるんは可愛《かわい》い！」

「あはは、なにそれ」

「さまるんはいい女だ！」

いつも辛口《からくち》なアオちんにそう認定されて、あたしはようやくちょっとだけ本当に笑うことができた。

「……へへへ」

アオちんも、あたしを見て笑っている。それから、アオちんは、ぎゅっとあたしを力いっぱい抱きしめて、うんうん頷《うなず》いて『いい子いい子』と撫でてくれた。嬉しくて、あたしはアオちんを抱きしめ返した。

めだ。

＊＊＊

――その頃、あゆはと別れた弘光は、空港に来ていた。秋香とともにフランスへ発《た》つた

あゆはに告げようと思っていた気持ちは、受け取ってはもらえずにまだ胸にしまってある。あゆはとすごした毎日を日本《ここ》に置いていくことに、不思議と迷いはなかった。だから、すぐに退職届を書くことができたのだ。きっと、それはすべて、あゆはのおかげなんだと思う。

あゆはと逢えたから、あゆはとすごした時間があったから、弘光はこの決断を下すことができた。

空港では、今日もたくさんの飛行機が飛び去り、誰かを遠いどこかへ乗せていく。空港を行き来する誰も彼もが、胸にそれぞれなりのなにかを抱いているようだった。

弘光が待ち合いのロビーに座って飛行場の光景をなんとはなしに眺めていると、秋香が声をかけてきた。

「そろそろ行こうか」

「うん」

秋香の言葉に、弘光は腰を上げた。すると、秋香は、弘光を見てこう言った。

「よかった……。ユキちゃんが、戻ってきてくれて」

「戻るんじゃないよ」

弘光は、秋香に向かって首を振った。

「え」

「……前に進むんだ」

戸惑っている秋香を置いて、弘光は歩き出した。言葉通り、前へと進むために──。

＊＊＊

今頃、弘光先生はフランスへ向かう飛行機の中だろうか。

そんなことを思いながら、あたしは空を眺めた。高く遠くへ飛ぶ弘光先生を乗せた飛行機の姿が見えた気がしたけど、気のせいだったかもしれない。

「……バイバイ、先生」

空にそうつぶやいてから、あたしは地面にできた水溜まりを見た。そこには、飛行機雲がぼんやりと映っている。あたしは、勢いをつけて、水溜まりの中の飛行機雲を飛び越えた。そして、『好き』に向かってまっすぐに進んでいる弘光先生に負けないように、前を向いてまっすぐに歩き出した。

16

弘光先生がいなくなって、あっという間に一年半がすぎた。
今日はもう、高校の卒業式だ。
ボブカットにまで切った髪は、我ながら、なかなか似合ってる。前髪をセットすると、鏡の中の自分はきっちり一年半分大人になっていた。テレビでは、ニュースが流れている。
「数学のノーベル賞とも言われる、フィールズ賞を受賞した日本人数学者、弘光由貴さんが、フランスで記者会見し、受賞の喜びを語りました……」

弘光先生は、テレビの中で流暢《りゅうちょう》にフランス語でスピーチをしている。日本語のテロップには、『自分がそんな偉業を成しとげた実感は湧きませんでした。そうですね、実感したのはまさに今です――』なんて出ている。集まっている記者たちを沸かせている弘光先生は、本当に手の届かない存在になってしまった。日本のヒーローだ。

すごいな……。弘光先生、本当に夢を叶えちゃったんだ。

「いってきます」

あたしは、テレビの中の弘光先生に明るく声をかけて、家を出た。

卒業式の看板が正門に飾ってあって、生徒の家族たちも続々と集まってきている。卒業式が行われて、一人一人が卒業証書を受け取って――。

「卒業証書、佐丸あゆは。右は、本校所定の過程を終了したことを証する。桃光《とうこう》学院高等学校長、第三〇二六号――」

壇上に立って、あたしも無事卒業証書を受け取った。体育館を退場すると、ちょっと気が抜けて、あたしは仲間たちに混ざって校内を歩いた。虎竹とアオちんに加えて、詩乃や夏穂も一緒にいる。

「終わったぁー」

「もう、校長先生の話長すぎるんだよー」

「毎度のことでしょ」

「あはは、確かに」

詩乃と夏穂がそんな会話をしてる横で、アオちんが、虎竹をからかうようにこう言った。

「虎竹ちゃん、見事に第二ボタンが残ってまちゅねぇ」

「うるせぇなあ！」

虎竹が、イラッとしたようにやり返す。すると、詩乃と夏穂がひょいっと会話に入ってきて、こう言った。

「だってそれは、さまるんのでしょ？」

「え？」

「え？」

驚いて、あたしと虎竹は同時に首を傾《かし》げた。

「え、二人、付き合ってるんじゃないの？」

「いやいや、あたしらそんなんじゃないから」

慌ててあたしが否定しようとすると、それを遮《さえぎ》るように、虎竹がこう首を振った。

「俺は、とっくに振られてるから」

「「え!?」」

今度は、詩乃と夏穂が驚いたように声を上げた。でも、それ以上に。

「え!?」

あたしの方が驚いた。思わず立ち止まって、あたしは虎竹を見た。詩乃と夏穂は、驚いたように顔を見合わせている。

すると、あたしたちのそんな会話を尻目に、アオちゃんはさっさと先に教室へ向かってしまう。詩乃と夏穂は、アオちゃんを急いで追いかけた。

「え、え!?　待って待って、アオちゃん！」

ビックリしている詩乃たちに、アオちゃんがこう突っ込んだ。

「むしろ知らなかったのかよ?」

みんなが去って虎竹と二人になってから、あたしは虎竹を見た。

「あの、虎竹……?　今のって……?」

「だって入り込む余地ねぇじゃん。あゆはん中、今もアイツでいっぱいで」

あたしは、ただただ驚いて、虎竹を見た。本当に?　とか、いつから?　とか、いろんなことが思い浮かんだけど、なにも言えなかった。代わりに、いつでもあたしのことをわかってくれている虎竹に、なんとか笑顔を返した。

「……虎竹」

「俺なら絶対悲しませないって思ってたよ、けど、今の俺じゃ、そんな想ってもらえる自信ないわ」

「なにいってんの、虎竹はいい男だよ！」

あたしが真剣にそう言うと、虎竹は茶化すように即答で頷《うなず》いた。

「うん知ってる」

虎竹が冗談にしてくれたのに助けられて、あたしも笑った。

「いやぁ、そこは謙虚になってよ」

「俺さ、大学デビュー狙ってっから」

「いやー！　それはぁ～、どうだろ？」

あたしがしれっとそう言うと、虎竹が『おい』と言って卒業証書の入った筒《つつ》でコツンと小突いてきた。

「痛ぁい」

「ほら見ろ！　虎竹のモテモテスクールライフが見えるだろ⁉」

そう言って、虎竹は卒業証書の筒を望遠鏡代わりにして覗《のぞ》き込んだ——遠い未来を見つめるように。あたしも真似《まね》して卒業証書の筒を望遠鏡にして笑い声を立てた。

「立ってます！　絶対できないフラグ！」

「『立ってます！』」

二人でそうノリを合わせてから、虎竹がこう言った。

「よし、行くぞ！」

「懐かしー！」

いろんな思い出が詰まった高校生活も、今日で本当におしまいなんだ。あたしと虎竹は爆笑し合いながら、急いで教室へと向かった。


アオちんや虎竹の誘いを断って、あたしは一人誰もいなくなった教室に残っていた。黒板には、デカデカと見事な黒板アートが描かれている。桃高だけに、桃から『卒業おめでとう』の文字がドーンと生まれてる。誰が描いたんだろうか。結構な大作だ。

弘光先生と大事な時間をすごした高校生活のことにたくさん思いを馳《は》せてから、あたしは席を立った。帰ろうと思って教室の後ろにあるロッカーを開けてみて、あたしは目を見開いた。

空《から》っぽのロッカーの中には、なぜか――虎竹に頼んで捨ててもらったはずの、あたしの最後の《LOVE♡ノート》が入っていた。

「……え？」

驚いて、あたしは《LOVE♡ノート》を手に取った。

「なんで……？」

やっぱり本物のあたしの《LOVE♡ノート》だ。――そうだ。見間違えるはずなんてない。この最後の《LOVE♡ノート》には……、大げさじゃなく、あたしのすべてを書き込んだんだもん。

席に戻ってパラパラとページを捲ってみると、赤字でいくつも添削《てんさく》がしてあった。

これは、あたしの字じゃない。

「……!?」

あたしは、驚いて《LOVE♡ノート》を見つめた。まるで物語の中の王子様みたいに格好良く助けてくれた弘光先生と高校の教室で再会して、戸惑いと混乱の中で一生懸命書いた《運命の人　↓　センセイ》の文字の横に、赤字で、《運命の出会いだったよ》と書き足してあった。

弘光先生があたしのクラスの担任になったあの日のことを、あたしは思い出した。

《――運命の出会いだったよ》

本当に弘光先生が耳元でそう言ってくれている気がした。いつだって弘光先生は、あたしが間違ったり猪突猛進《ちょとつもうしん》しすぎたりするのを一番近くで見てくれていて、たくさんの大切なことを教えてくれた。その弘光先生が、またあたしのそばにいてくれてる気がする。まるで、夢でも見ているみたいだった。あたしは、信じられない気持ちで、どんどんページを捲った。

《センセイをぎゃふんと言わせたい》という文字の横には、《何度も何度も驚かされた》と書いてあった。《なに言っても論破《ろんぱ》される》のところには、《何度も何度も突き放してごめん》と書いてある。あたしは、これまでずっと考えないようにしていた弘光先生と出逢《であ》ってからの日々をどんどん思い出した。

《LOVE♡ノート》に書いてある弘光先生の返答は、こうだった。

《憧れの賞を目の前にして、自分に限界を感じて、大好きな数学から逃げた俺には、好きに全力なさまるんが腹立たしくて、なんだか眩《まぶ》しくて、いつの間にか笑ってて……、好き

になってた》

涙で目が霞んで、弘光先生の字が掠《かす》れて見えた。でも、確かにあたしの耳には、弘光先生のあの低い声が聞こえている。《LOVE♡ノート》には、今でもはっきりと覚えている弘光先生の字で、弘光先生の想いが綴《つづ》られていた。弘光先生は、あたしが自分の想いをぶつけた時も、……ちゃんと受け止めてくれたんだ。

『こちとら先生が大大大好きで、ずっと胸ボンバババぼんなんです！』

『わかった、わかったから』

《俺の方が必死だった……芽生《めば》えかけた「好き」から逃げるのに》

あの時は、本当にとてもつらかった。自分がどうしたいのかもわからなくって、弘光先生に嫌われるようなことをしてしまったことが悲しくて、でも、弘光先生が好きな気持ちが溢《あふ》れ出て、とても抑えられなくて……。あのあと、夜のすき家で大泣きしながらやけ食いをしてるあたしを、弘光先生が探し出して見つけてくれたんだ。

《好きに全力なさまるんは、最強で、予測不能で》

だって、それだけ弘光先生を好きだから。好きな気持ちを手加減するなんて、できなかったから。

『いや、なんか、今日はもう先生に会えないと思ってたから……。なんていうか、ヤバいです』

そんなことも言ったな。計算も駆け引きも全然できなくて、全部、ただ自分の気持ちを言葉にしただけだった。

だから、偶然でも、弘光先生と目が合っただけで、笑い合えただけで、あたしはいつでも誰よりも幸せだった。……誰かを本当に心から好きになるっていうことを、そんな人生で一番大切なことを、弘光先生はあたしに教えてくれたんだ。弘光先生を好きになれたおかげで、あたしも、弘光先生を大切にしようと思うことができた。あたしは、いつでも、いつだって、弘光先生が大好きだった。毎日、どんどん「好き」な気持ちが大きくなっていった。それは、今も、今日この瞬間だって変わってなくて……。

《気が付いたら、俺も……》

あたしは、たくさんの弘光先生の真剣な顔を見てきた。数学に向かい合う時、音楽を楽しんでいる時――。

でも、最後に弘光先生が『さまるん』と呼び止めてくれた時、――あたしは弘光先生から離れたんだ。弘光先生はあたしの想いを受け止めてくれたのに、……あたしは弘光先生の気持ちを聞きもしなかった。それは、もう二度と弘光先生とは逢えなくなったとしても、弘光先生の「好き」を応援したかったから。それが、あたしの「好き」だと思ったから。大好きな弘光先生にしてあげられる、一番のことだと思ったから。だから、もう二度と『さまるん』って読んでもらうことはないと思ってた。覚悟してた。なのに……。

《「好き」に全力になってた。たくさんの「好き」を取り戻すことができた。それが、さまるんのおかげだって気づいた……。誰になんと言われたって――》

弘光先生が夢を叶えたと知った時は、本当に心から幸せだった。弘光先生には、誰よりも自分の「好き」を大事にして欲しかったんだ。弘光先生と離れてからの一年半の間、あたしはずっと、それだけを願ってた。気が付いたら、抑えていた弘光先生への「好き」がどんどん溢れて、あたしは大粒の涙をいっぱい流していた。弘光先生の書いた文字を泣きながら追いかけているうちに、あたしは息を呑《の》んだ。

「！」

あたしは、大きく目を見開いた。《ＬＯＶＥ♡ノート》の最後のページには――……。

《センセイには幸せでいてほしい　↓　センセイは数学をしている時幸せそう　↓　センセイはフランスに戻れば幸せ》

歯を食いしばりながら書いた、あたしのその文字の横に。

《――俺の幸せは、さまるんだよ》

そう書いてあった。そして――《数学準備室に来てください》と、確かにあたしへのメッセージが残っていた。その文字を見た瞬間、あたしはすぐに立ち上がって駆け出した。生まれて初めて本気で大好きになった、弘光先生のもとへと……。

勢いよく数学準備室に飛び込むと――。

そこには、窓から差す太陽の光を受けて、本当に、弘光先生がいた。

まるで、高校で一緒にすごした時みたいに。

久しぶりに会う弘光先生は、少し大人びていて、でもあいかわらずとても格好良かった。

その弘光先生が、あたしを見て、笑顔を浮かべている。

「卒業おめでとう」

「そちらこそ、おめでとうございます……」

あたしは、一年半の間溜めに溜めた大事な心からの想いを精いっぱい込めて、弘光先生にそう言った。でも、そのあとで。

「……え!?　……って……、なんでここにいるんですか!?」

どっと息が切れて慌てながらあたしがそう聞くと、弘光先生はさらりとこう言った。

「……まだ解けてない問題がここにあるから」

「え……？」

「……さまるんっていう、超難問がね」

「……へっ!?!?」

驚きすぎて、あたしは息を呑んだ。え!?　ま、まさか……、本当に!?　これ、夢じゃないよね……!?

嬉しい以上に驚いたのと混乱しているので、あたしは目を白黒させながら声を上げた。

あたしの頭の中に、弘光先生と出逢ってからこれまでのことが一気に思い出された。弘光先生があたしの生活に入ってきてから、あたしという人間はすごく変わった。それまでは『恋したい』自分のことばかりだったけど、……自分より大切な人ができて、その人のためになにができるかを少しずつ考えられるようになった。

だから――あたしがこれから弘光先生と接触するのなんて、テレビを見るかせいぜい匿《とく》名《めい》でファンレターを送るかくらいでしか無理だと思ってた。絶対、もう二度と逢えないって……。それなのに……、それなのに!!

弘光先生は、混乱してるあたしにこう言った。

「ちゃんとケリつけましたから。逃げてたもの、全部……。さまるんが、『自分のせいで俺が夢を諦めた』なんて思わないように」

「……けど、先生」

「もう先生でもないですし。……なんなら、さまるんがやりたがってたあれ、やります?」

「え？　あれって？」

弘光先生が、すっと手を差し出した。なんのことかわからなくてあたしが固まっていると、弘光先生はすっと近づいてきて、あたしの手の甲を取って、ひざまずいた。

（これはっ……!?）

そうだ！　……『先生は、手の甲にキスをして』——って、《LOVE♡ノート》に理想のファーストキッスシチュエーションを描いたんだった!!

弘光先生は、あたしの期待を裏切らずに、そのままあたしの手の甲にキスをした。

「ふぁっ!?」

（ということは……!?）

弘光先生は、立ち上がってあたしをまっすぐ見つめてこう言った。

「……愛している、もう離さない」

嘘じゃないよね!?　夢じゃないよね……!?

まだ実感がないけど、あたし、やっと本当に弘光先生と両想いになれたんだ。ついに大きな夢を叶えた弘光先生が、あたしを見てくれてるんだ。信じられない……けど、今はとにかく、念願のファーストキッスだ!!

弘光先生は、あたしの期待に応えるように、あたしの顎《あご》をクイッと指ですくい上げた。

（かーらーのー……!?）

あたしは、慌てて目を力いっぱい瞑《つむ》った。

目を閉じて唇を尖らせたあたしの顔に、弘光先生が顔をぐっと近づけてきて、あたしの

頭をぎゅっと引き寄せて……。妄想ではこのあとブチュッと二人の唇が合わさるはずっ……♡

しかし、次の瞬間、弘光先生はあたしの頬《ほお》に思いっきりスタンプを押した――弘光先生から数学の授業を受けていた当時憧れだった、『よくできました』のスタンプを。

真っ赤ないかにもめでたそうな花丸ハンコをもらったあたしの顔を見て、弘光先生がちょっと意地悪な顔でにやっと笑った。

「!?」

あたしは、弘光先生がしっかりと持っている『よくできました』スタンプを見て、思わずまたぎょっとして大きく目を見開いた。

「――キスはぁ!?!?」

あたしがそう叫んで思いっきり頬を膨らますと、まんまと弘光先生の予想通りの反応だったようで、弘光先生は表情を崩して笑い出した。

あたしが一世一代の恋を捧げた大好きな弘光先生は、やっぱり『センセイ君主』で。あたしは、当分彼には敵《かな》わないみたいだった。意味深に微笑《ほほえ》んだままあたしを見てる弘光先生を、あたしは怒りながらにらんで――、でも嬉しすぎて幸せすぎてやっぱり笑ってしまうのだった。

あたしは、目を上げて離れてた一年半分の笑顔でたくさん笑った。大好きなあたしの、あたしだけの『センセイ君主』と——。

JASRAC 出 180621014-01

※この作品はフィクションです。実在の人物・団体・事件などにはいっさい関係ありません。

集英社オレンジ文庫をお買い上げいただき、ありがとうございます。
ご意見・ご感想をお待ちしております。

● あて先
〒101-8050　東京都千代田区一ツ橋2-5-10
集英社オレンジ文庫編集部 気付
せひらあやみ先生／幸田もも子先生

映画ノベライズ
センセイ君主

集英社
オレンジ文庫

2018年7月25日　第1刷発行
2019年6月17日　第2刷発行

著　者　せひらあやみ
原　作　幸田もも子
発行者　北畠輝幸
発行所　株式会社集英社
〒101-8050東京都千代田区一ツ橋2-5-10
電話【編集部】03-3230-6352
【読者係】03-3230-6080
【販売部】03-3230-6393（書店専用）
印刷所　図書印刷株式会社

※定価はカバーに表示してあります

ISBN 978-4-08-680205-5 C0193

集英社オレンジ文庫

日高砂羽

長崎・眼鏡橋の骨董店

店主は古き物たちの声を聞く

パワハラで仕事を辞め、故郷の長崎に
戻った結真は、悪夢に悩まされていた。
母は叔母の形見であるマリア観音が
原因だと疑い、古物の問題を解決する
という青年を強引に紹介されるが…?

集英社オレンジ文庫

杉元晶子

京都左京区がらくた日和

謎眠る古道具屋の凸凹探偵譚

女子高生・雛子の家の近所に怪しい
古道具屋が開業した。価値のなさそうな
物を扱う店主・郷さんと話すうち、
ミステリ好きの血が騒いだ雛子は
古びた名なしの日記を買ってしまい…。

集英社オレンジ文庫

永瀬さらさ

法律は嘘とお金の味方です。

京都御所南、吾妻法律事務所の法廷日誌

人の嘘を見抜く能力を持つつぐみは、
敏腕だが金に汚い弁護士の祖父と一緒に
暮らしている。祖父は高額な着手金で
受けた厄介な依頼を、つぐみの
幼なじみで検事の草司に押し付けて…!?